Die Generalversammlung

AF199327

Umschlag: Findling im Wald
Illustration und Typografie: Fricker Grafiker Auenstein

Markus Fricker

Die Generalversammlung

Novelle

BoD

Bibliographische Information der Deutschen Nationalbibliothek:
Die Deutsche Nationalbibliothek verzeichnet diese Publikation
in der Deutschen Nationalbibliographie; detaillierte bibliografische
Daten sind im Internet über http://dnb.dnb.de abrufbar.

ISBN: 9783750440302

Geschrieben 2007
Beruht teilweise auf wahren Begebenheiten
Enthält Helvetismen

Krachen, Knarren und Ächzen, auch dunkles, tiefes Grollen wäre vielleicht zu hören gewesen, hätte man Jahrmillionen-Zeitraffer-Ohren gehabt.

Unerbittlich aber geduldig, als Gesteins-Brecher, wälzte er sich von den Alpen richtung Schwarzwald, stemmte, wuchtete, und raffelte sich sein monumentaler Eispanzer über die Molasse des Pleistozäns, auf seinem Vortrieb nordwärts, bis er an den ersten Jurafalten auflief.

Hundertausende Sonnenumkreisungen später, nennt man ihn Reussgletscher. Auf seinem mit Schotter und Sand, von Eis und Wasser geschliffenem Geschiebe, quasi seiner Endmoräne, stehen heute Weinreben. Wo einst Kies an der Eis-Brandung rieselte, wächst jetzt Riesling Sylvaner.

Rebterrassen umschnüren den Kieshügel zeilenweise. Im Herbst wird gelesen.

Dieser Hügel, Stock genannt, ruht auf einer Hangterrasse oberhalb des Dorfes. Bei starkem Regen saugt sich der bewaldete Kieshügel mit Wasser voll, wie ein Schwamm, bis er gesättigt ist und es nicht mehr halten kann. Tritt diese Situation ein, lässt er das Wasser los, und in seinem Sog entleert sich der ‹Schwamm›. So kann es vorkommen, dass unterhalb des Hügels, wo der Kies auf eine Lehmschicht trifft, mitten im Garten eines Radio-Fernseh-Elektrikers, eine armdicke Wasserfontäne zum Boden herausschiesst.

Die Einladung kam kurzfristig, etwa zwei Wochen vorher. An- und Abmeldung obligatorisch. Der Gewerbeverein durchlief damals eine Sinnkrise. Der Präsident legte nach anderthalb Jahren sein Amt nieder, und gab den Austritt aus dem Verein.

Gute Voraussetzungen für eine spannende Generalversammlung.

Die Generalversammlung, auch «Ge-Vau» genannt, fand im sogenannten Degustations-Raum statt, im Weinbaugut eines Vereinsmitgliedes. Das Anwesen des Weinbauers, ein in den siebziger Jahren vom Kanton subventioniertes, schwarzes Eternitgebäude vom Typ Rebbau, stand am oberen Dorfrand, unterhalb des etwa 4 Hektaren grossen Weinberges – dem Stock.

Der Vater des Weinbauern, im Dorf aufgrund eines Vorfahren mit militärischer Karriere «General» genannt, war ein ‹Rucksäckler›. Arbeitete also tagsüber im Steinbruch oder in der Zementfabrik und abends auf dem eigenen Hof – wie damals die meisten im Dorf.

Im militärgrauen ‹Über-Gwändli› und einem roten Kopf unter dem Lederhelm, fuhr der General auf seinem Kreidler Florett, das ihm, mit der tiefen Lenkstange, eine sozusagen sportliche Hal-

9

tung abverlangte, lärmend durchs Dorf. Bis der Töff sich, mit der Zeit immer mehr der minimalsten Geschwindigkeit und dem maximalsten Lärm annäherte. Nach dem achtzigsten Lebensjahr, ritt der General ein altes Puch-Maxi Töffli, mit einem weissen Helm aus Franzosen-Plastik.

Der älteste von vier Söhnen führte den landwirtschaftlichen Betrieb des Generals weiter. Darauf wurde der elterliche Hof aufgegeben, stattdessen am Dorfrand, jenes Haus mit schwarzen Eternitschindeln gebaut, und der Betrieb, in Besinnung dörflicher Traditionen, auf Rebbau umgestellt. Der Übername ‹General› blieb am Sohn hängen – nicht aber der Rucksack, denn man lebte fortan ganz vom Wein.

Im Degustations-Raum des Generals wurde also sinnigerweise die Generalversammlung abgehalten. Früher wurde sie im Restaurant Schmitte abgehalten, der einzig verbliebenen Wirtschaft im Dorf. Der damalige Schmitte-Wirt, auch ein Gewerbevereins-Mitglied, übernahm dann aber eine Beiz im Nachbardorf; ohne übrigens seine Vereinsmitgliedschaft zu kündigen, und war somit seit zwei Jahren mit Mitgliederbeiträgen im Ausstand.

Es war eine klare Dezembernacht.

Das Weingut des Generals, am westlichen Dorfrand gelegen, erforderte, je nach Wohnort der Mitglieder, einen längeren Spaziergang, weil das Dorf sehr lang gezogen ist.

Auf der Hauptstrasse bummelte ein Vereinsmitglied, ein Schlosser. Er wich dann in eine Seitenstrasse, und betrachtete die Auslagen des beleuchteten Schaufensters einer Schreinerei. Der Inhaber war auch ein Vereinsmitglied. Im Schaufenster, das eher einer Vitrine glich, waren auf zwei Regalen Kristalle ausgelegt. «Mineralien aus dem Wallis, Eigenfunde», stand da geschrieben, und «Mineralien aus unserem Steinbruch». Strahler-Trophäen des Schreiners. Kristalle, die er im Rucksack vom Strahlen nach Hause brachte. Also auch er ein ‹Rucksäckler›.

Eine Strasse weiter, tauchte das nächste Mitglied aus der Dunkelheit auf, der Gründer des Gewerbevereins, ebenfalls ein Metallbau-Unternehmer. Er besass eine Bude am Aareschachen.

Vor kurzem wollten die Chinesen seine Firma heimlich übernehmen. «Weil die Chinesen in ihrem Geld versaufen», wie er sagte. Sie seien unter Druck Geld zu investieren, westliche Firmen zu

11

kaufen. Die Chinesen hätten ihm per Strohmann in Österreich, einen Grossauftrag zugehalten, bei dem er dann, die Produktion ganz hätte auf den Chinesenauftrag konzentrieren sollen, also sich in eine Abhängigkeit begeben, welche die Chinesen dann, wir er argwöhnte, ausgenützt und ihn sozusagen gefressen hätten.

In einem abgelegenen Winkel seiner Werkstatt habe es übrigens eine Stelle, eine feuchte Höhle, denn die Werkstatt sei ja rückwandig in den Jurafelsen gebaut, in dieser Höhle also, lebe eine Kröte, die der Schlosser manchmal, wenn es ganz ruhig sei, rufen höre «öök-öök-öök». Ganz selten sehe man sie auch wie sie rausschaue, wenn man vor diesem Loch stehe, erzählte er jeweils mit glänzenden Augen. Man fragt sich, was wohl die Chinesen davon gehalten hätten.

Der Metallbau-Unternehmer grüsste den Schlosserkollegen in seiner gewohnten Art, eben nicht zu Grüssen, sondern eine weltgewandte Frage oder Bemerkung in den Raum zu stellen.

Man kam dann aufs Wetter und seine Kapriolen zu sprechen. Er stellte fest, dass er doch übrigens erst vor nicht so langer Zeit, die vielen Feigenbäume in unserem Dorf entdeckt habe. Dies sagte er mit einem fast empörten Erstaunen, als hätte man diese Tatsache jahrelang vor ihm verschwiegen.

Tatsächlich schien einem der Gedanke an Feigenbäume unwirklich, in dieser frischen, sternenklaren Dezembernacht.

Unterdessen waren sie am Stock angelangt, dem Hügel an dem der Weinbaubetrieb lag. Die Aussicht bot einen Überblick über das Aaretal, das sich hier besonders breit zu einer Ebene ausdehnte. Das gegenüberliegende Dorf mit seinen, in rätselhaftem geometrischen Zusammenhang stehenden Lichtpunkten, erinnerte an eine elektronische Schaltplatte. Die umliegenden Dörfer waren wie mit Leitungen verbunden, durch die, lautlos Autolichter tröpfelten, und etwas schneller fliessend, gelegentlich die Lichterkette einer Eisenbahn. Zwischen diesen Leuchtdioden-Siedlungen lagen lauernd, schwarze, haarige Wälder, an wilde Urtiere gemahnend.

Vor der Weinsiedlung angelangt, sprach der Metallbauer eine zuversichtliche und entschlossene Floskel, allerdings mit leicht seufzendem Unterton. Sein Gang an die GV, war der, eines besorgten Vaters. Sein Kind, der Gewerbeverein, musste wieder aufgerichtet und ausgerichtet werden. Als

Gründervater und ehemaliger Präsident mit langjähriger Amtszeit, fühlte er wohl eine besondere Verpflichtung.

Der sogenannte Degustationsraum, eine Mischung aus Festraum und Kellerlager, war in gelbliches Neonlicht getaucht. Entlang einer Wand waren Kartons mit Weinflaschen gestapelt. Davor Festbänke aneinander gestellt, zu einem grossen ‹L› ausgerichtet. An der gegenüberliegenden Wand stand eine massive Theke aus tannigem Schwartenholz, dahinter präsentierten sich auf Regalen aufgereihte Flaschen mit den Erzeugnissen des Hauses. Barrique, Rivaner, Blauburgunder, Rosé, Pinot Gris, Gewürztraminer, Zweigelt, Schaumwein, Abavado, Marc, Kirsch, Zwetschgenwasser.

Die Vorstandsmitglieder, der Weinbauer, und einige andere Mitglieder waren auf lockere Weise in Begrüssungsgespräche verwickelt, legten gerade ab, oder hantierten mit Papier.

Der ehemalige Präsident begrüsste den noch Amtierenden, oder besser: warf ihm wie gewohnt einen beflügelten Spruch hin. Welchen dieser mit leicht säuerlichem, fragendem Ernst quittierte. Offenbar verstand er heute keinen Spass. Den Kopf

14

hatte er leicht nach vorne geneigt, denn er blickte über die Lesebrille, die am unteren Teil seiner langen, platten Nase auflag. Unter hängenden Lidern, blickten kleine Äuglein gefährlich aus dem wilden, aber gutmütigen Gesicht. Die schütteren Barthaare klebten wie Algen an einem Wurzelstock. Seine grosse Statur und sein dichtes, farbloses Haar erinnerten an eine Märchengestalt. Aus ‹die Schöne und das Biest› vielleicht.

Der Raum füllte sich jetzt immer schneller. 18 Gewerbetreibende waren anwesend. Ein Schreiner, ein Maler, ein Zimmermann, eine Coiffeuse, ein Treuhänder, eine Masseurin, ein Gartenbauer, zwei Schlosser, ein Taxibetreiber, eine Personalcoachingfachfrau, ein Hi-Fi-Händler, eine Beschrifterin, eine Werkzeugmaschinenhändlerin, ein Car-Unternehmer, ein Heizungshändler, der Präsident der Dorfladen-Genossenschaft und der Weinbauer. Die restlichen etwa 25 Mitglieder fehlten, auch der Elektroinstallateur, der das Amt des Kassierers hatte. Er liess sich per Brief entschuldigen.

Dieses Schreiben wurde denn auch nach dem offiziellen Begrüssungs- und Eröffnungsteil, vom Präsident vorgelesen. Durch die leiernde Stimme des Präsidenten, sprach der Kassierer von seiner

Frustration im Zusammenhang mit unbeglichenen Vereinsbeiträgen säumiger Mitglieder. «Ich», zitierte der Präsident mit schläfrigen Äuglein in die Lesebrille hinunterschauend, «wünsche dem Verein für die Zukunft alles Gute, wenn es diesen dann noch braucht».

Es töne wie eine Verabschiedung, wurde vermerkt.

Nein, der Schluss sei anders auszulegen, der Kassierer sei doch immer noch bereit, bei mehr Handlungskompetenzen gegenüber den fehlbaren Mitgliedern, seine Arbeit weiter zu führen.

Man einigte sich auf diese Auslegung des Kassiersbrief.

Man müsse ihm mehr Handlungsraum zugestehen. Aber ob man wirklich Mitglieder betreiben soll?

Die Art der Mahnung wurde diskutiert. Wie soll der Kassierer unterzeichnen? Mit seinem Namen und seiner Funktion? Oder nur im Namen des Vereins? Damit es ihm niemand verüble.

Wieso verübeln? Er sei ja im Recht, – man müsse die Fehlbaren eben sehr wohl härter anfassen.

Dann wurden Beispiele von Fehlbaren erörtert.

Der weggezogene Schmitten-Wirt zum Beispiel,

man wisse ja was das für einer sei, nur profitieren habe der wollen. Es gehe nicht, dass einer einfach wegziehe und den Austritt nicht gebe, dann müsse er halt die hundertfünfzig Franken Mitgliederbeitrag weiterhin zahlen.

Und dann das Beispiel des einzigen Passivmitgliedes. Ob es diesen Status überhaupt gäbe, ob man das eigentlich wolle. Auch dieses einzige Passivmitglied, sein Name wurde nicht genannt, habe seit drei Jahren nichts mehr eingezahlt. Gemeint war der halbinvalide, nahezu blinde Sanitärinstallateur.

Ob Passivmitglieder denn weniger zahlen müssten?

Der Schreiner intervenierte mit energischer Stimme, er wolle nun endlich namentlich wissen, wer die Säumigen seien.

Der Präsident kramte im Papier, streckte ein Blatt auf Lesebrillendistanz, und verlas mit unbeteiligter Stimme Namen und geschuldeter Betrag. Als dann der Name eines anwesenden Vorstandsmitgliedes, des Heizungshändlers fiel, reckte dieser auf seinem Stuhl in die Höhe, und gab fuchtelnd Beschwichtigungen von sich. Das müsse ein Irrtum sein und so weiter.

Der Präsident hatte seine Vorlesung während dieser Störung nicht unterbrochen, und auch die übrigen Anwesenden nahmen demonstrativ keine Notiz von den Ausflüchten des Delinquenten.

Der Schreiner schlug vor, die Säumigen künftig rigoroser zu mahnen, und dem Kassierer ein schlagkräftigeres Mandat zu erteilen. Abstimmung. Sechzehn Stimmen dafür, auch die Stimme des Heizungshändlers. Gegenmehr, – null Stimmen. Antrag angenommen.

In der Zwischenzeit huschte ein neues Mitglied, ein Kutschenfahrtenanbieter, mit mürrischem Blick in den Raum, setzte sich am oberen Tischende, und tat so wie er schon lange dort sässe. Von Beruf Metzger, hatte er mit dem Verkaufs-Erlös einer ererbten Liegenschaft einen kleinen Bauernhof gekauft, und war nun Rucksäckler. Er hatte ein wenig Vieh und Rösser. Bot Kutschenfahrten für Hochzeiten, Begräbnisse und andere Feste an.

Nach einer Weile hatte er sich offenbar akklimatisiert und meldete sich zu Wort. Mit vorwurfsvollem Tonfall, eingezogenem Kopf und stechenden Augen bemängelte er, dass der Verein ihm die Post immer noch an die alte Adresse, dem verkauften Haus seiner Frau schicke.

18

Niemand kommentierte die Wortmeldung. Auch die Vereinsleitung schwieg.

Man kam zum Traktandum Mutationen. Er wolle gleich vorwegnehmen, sagte der Präsident müde über die Lesebrille äugend, dass sein Abgang als Präsident, und sein Austritt aus dem Verein anstehen. Da, wie allgemein bekannt, er seinen Wohn- und Geschäftsort wechsle.

Und, er wolle auch gleich vorwegnehmen, dass die Passivität und die Versäumnisse des vergangenen Jahres allein auf sein Konto gingen. Der Auftragseingang in seiner Audio- und Videobau-Firma habe ihn sehr gefordert, und er habe daher Prioritäten setzen müssen.

Aber das Haus habe er ja in dieser Zeit auch umbauen können, meldete sich der Expräsident zu Worte.

Nicht er, sondern seine Söhne, gab der Präsident schnell und gereizt zurück. Zudem zählte er jetzt auf, was der Verein unter seiner Leitung dennoch als positive Bilanz auszuweisen habe.

Der Schreiner, selber auch schon Vorstandsmitglied gewesen, meinte, da müsse er jetzt doch wiedersprechen. Es sei zwar ehrbar, wenn der Präsident alle Schuld auf sich nehme, aber in einer solchen Situation sei es sehr wohl auch die Pflicht des Vorstandes nachzufragen und aktiv zu werden. Vor allem der Vizepräsident sei dann gefordert.

Der Angesprochene, ein Taxihalter, entgegnete, er habe beim Präsidenten dauernd nachgefragt, aber es sei nie eine Antwort gekommen.

– Ja wann wohl? Brummte der Präsident.

– Hier, sagte der Vizepräsident, in dem er theatralisch einen Stapel Papiere als Beweis in die Luft hob, – diese E-Mails habe ich geschrieben.

– Nein, nein, ich habe nie etwas erhalten, meinte der Präsident mit finsterem Blick.

Der Expräsident griff ein.

– Wir wollen jetzt nicht in Schuldzuweisungen verfallen, sondern nach vorne schauen. Der Neubeginn muss als Chance angesehen werden, dem Verein wieder zu frischem Schwung zu verhelfen.

Er sprach in bedachtsamer Weise, mit hochgezogenen Augenbrauen. Den Kopf leicht gereckt und mit dem Zeigefinger spielend. Der edle Stoff seines Wollmantels, und seine manchmal etwas gedehnte, eigenwillig vornehme Ausdrucksweise, setzten ihn scheinbar in eine andere Kategorie als die meisten anwesenden Handwerker. Die blonden kleinen Löckchen seiner längeren Dauerwellenfrisur, sowie die Hamsterbäckchen, auf denen eine grazile eckige Brille zwei hellblaue Kulleräuglein umrahmten, erinnerten einem an ein Hündchen, ein Franzosenhündchen.

Seine mahnenden Worte taten Ihre Wirkung, vor allem weil er die Diskussion in Richtung Zukunft, und damit auf die Wahl eines neuen Präsidenten lenkte. So wurde dann die Frage in die Runde geworfen, wer sich für dieses Amt zur Verfügung stellen würde. Was ein betretenes Schweigen zur Folge hatte. Man schaute zaghaft und verzweifelt durch die Reihen, ob sich nicht vielleicht doch eine Hand erheben werde.

Die Erlösung kam vom Taxihalter, dem Vizepräsidenten. Ja, dann werde er *halt* dieses Amt übernehmen, er sei ja auch schon im Nachbarsdorf Gewerbevereinspräsident, dann komme es sozusagen ja auch nicht mehr darauf an, grummelte er resigniert.

– Wer die vorgeschlagene Wahl annehme, möge dies bezeugen durch Handerheben. Achtzehn Stimmen. Gegenmehr. Null Stimmen.

Zwei, drei Hände klatschten, die restlichen zogen mit, schwollen zu einem kurzen Applaus an, um dann schnell wieder auszuplätschern.

Der scheidende Präsident stiftete pro forma ein paar Worte des Dankes, während der neue Präsident mit gesenktem Haupt vor sich hin brütete.

Das Ganze entwickelte sich also ausgezeichnet. Nur ein neues Vorstandsmitglied fehlte jetzt noch. Da meldete sich die Personalberaterin, die Lücke freiwillig zu stopfen. Auch diese Selbstopferung erfuhr einen Applaus.

Die Personalberaterin spielte ihre Rolle ganz standesgemäss: direkte, auffordernde, konsenssuchende Fragen und Antworten. Sie stellte sich hin, gab unaufgefordert und breitwillig Auskunft, immer positiv und zuversichtlich, mit einem Drang zum Aufbruch. Coaching, Beratung, Team-Entwicklung waren die Zauberworte, die sie schon naturgemäss in den Mittelpunkt einer solchen Runde hinein platzierten. Immer mit der Verbesserung, der Überwindung vor Augen, und dem Teamgeist im Hinterkopf. *Die Idealbesetzung* in dieser krisengebeutelten Phase des Vereins. Ihre routinierte Art zu reden hatte etwas professionelles, liess aber vielleicht eine gewisse Humorlosigkeit vermuten.

Währenddessen sass als Protokollführerin, die Werkzeughändlerin, mit hohlem Kreuz zwischen den anderen Vorstandsmitgliedern, traktierte ihren hauchdünnen silberfarbenen Laptop, indem sie virtuos mit den tippenden Fingerküppchen über die flachen, nicht sichtbaren Tasten flirrte. Mit einer so beiläufigen Leichtigkeit, dass man dachte: Sie spielt dieses Tippen nur, es ist nur simuliert! Sie trällert eine Melodie! Wenn sie während des Schreibens, zwischendurch kurz aufsah, verharrte ihr Kopf in einer leicht geneigten Haltung, nur die Augen bewegten sich kurz nach oben. Ihre Ruhe und der unbeteiligte Gesichtsausdruck liessen eine hohe Konzentration erahnen, die sich scheinbar exakt in diesen rasanten Fingerspitzbewegungen entlud. Das knorrige Vereinsgerangel mit seinen Belanglosigkeiten und Absurditäten, wurde unter ihrem Fingerlauf so zu Text aufgezeichnet.

Der neue Präsident sass derweil immer noch geduckt über dem Papier, vor dem beigen Vorhang aus den sechziger Jahren, der die Sichtbetonwand des Degustationsraums verhüllen sollte. Dieser Vorhang war irgendwie nikotinfarbig, hatte ein braunes Pflanzenmotiv, das sich locker in grosszügig diagonal versetztem Rapport wiederholte. Ein schilfartiger Grasbüschel entsprang einem Farn-kraut. Zwar dekorativ, aber botanisch eigentlich rätselhaft. So wie Textilmotive eben oft rätselhaft daherkommen.

Jedenfalls hatte der seltsame Vorhang zur Situation etwas passendes: Der Degustationsraum, die L-förmig angeordneten Festbänke, mit dem Tisch der den kleineren Schenkel des Ls bildete und an dem der Vorstand sass, links der Ex-Präsident, gelangweilt über die Lesebrille blickend, die Protokollführerin in der Mitte, flink ins Laptop tippend, dann mit hindämmerndem Ausdruck der Exvizepräsident, jetzt Präsident, rechts daneben das Vorstandsmitglied das dem Verein mehrere Mitgliederbeiträge schuldete.

Die offiziellen Traktanden hatte man also über die Bühne gebracht. Man kam zum Punkt ‹Diverses und Anregungen›.

Es wurde bedauert, dass letztes Jahr keine Gewerbereise stattfand. Ein neues, junges Mitglied hatte an der letzten GV mit Enthusiasmus einen Besuch der Rheinsalinen vorgeschlagen, und sich auch gleich selbst für die Organisation anerboten. Passiert war dann allerdings nichts.

Die alljährliche Gewerbereise war nämlich der eigentliche Höhepunkt in der Agenda des Vereins. Man engagierte den Car-Betreiber, natürlich ein Vereinsmitglied, und fuhr mit diversen Verpflegungs-Zwischenhalten, zur Besichtigung zum Beispiel der Grimselstauwerke.

Der Car-Betreiber war anwesend. Wahrscheinlich weil er sich wunderte, dass letztes Jahr keine Reise bei ihm gebucht wurde. Eigentlich war er aus dem Nachbardorf. Ein verlässliches, zahlendes Mitglied. Während der letzten Reise fuhr er eine Abkürzung, das Seetal hinauf. Eine Baustelle nach der anderen, – so kam man dann mit anderthalb Stunden Verspätung am Ziel an. Die ganze Reise fand also eigentlich hauptsächlich in seinem Car statt. Man betrachtete den vorbeiziehenden ‹Agglomerations-Brei› und liess sich von Alpenschlager besprinkeln.

Eine diesjährige Reise wurde beschlossen, dem Vorstand wurde freie Hand zur Organisation gegeben.

Und eine Gewerbeausstellung wurde ins Auge gefasst. Ob man vielleicht ein Festzelt für die nächste Gewerbeausstellung vorsehen sollte? Nein, das konkurriere nur die Ausstellung in der

Turnhalle. Ein Wettbewerb wurde als Attraktion vorgeschlagen. Blätter wurden verteilt mit der Kopie eines Zeichnungswettbewerbs für Schüler; als Beispiel für eine gelungene Vereinsaktion, die der Gewerbeverein vom Nachbarsdorf gemacht habe. Weihnachtskarten hätten die Kinder des Nachbardorfes kreieren müssen, die dann auch als Postkarten gedruckt worden seien.

Das sei zu aufwändig. Man könne ja auf die Rückseite Werbung anbringen. Das wäre zu aufdringlich. Also nur ein Zeichenwettbewerb mit Preisen? Oder nur mit einer Prämierung. Jedenfalls eine Playbackshow wie letztes mal wolle man nicht mehr machen. Einen Ballonwettbewerb habe es auch schon mal gegeben. Die Gewinner fuhren damals mit dem Car nach Europapark-Rust.

Der neue Vorstand solle doch mal Ideen sammeln.

Das mitgliederbeitragsverschuldete Vorstandsmitglied, der Heizungshändler, meldete sich jetzt noch zu Wort.

Er schwärmte, sich in weltmännischer Art zurücklehnend, von einer gewissen Tafelrunde, die er, wie er nebenbei einflocht, selbst initiiert habe, an welcher Unternehmer aus allerlei Branchen an einem Mittagstisch zusammenkämen; man tafle übrigens im Gasthaus Landgericht, und pflege so den unternehmerischen Austausch, das Menu pauschal zu 80 Franken, exklusive Getränke und Wein, einmal pro Woche stattfindend. Während seiner Rede klöpfelte er mit der Spitze seines Kugelschreibers auf den Tisch, als würde er eine edle Zigarre vorbereiten.

Im Degustationsraum war es gespannt ruhig.

Es seien übrigens sehr interessante Personen anwesend, beeilte er sich hinzuzufügen: Topmanager aus der Industrie und hohe Bankleute.

Die Gewerbler schauten stumm vor sich hin. Sie rollten nicht mit den Augen, machten nicht den Aff, schauten nur vor sich hin.

Ausser das neue Vorstandmitglied, die Personalcoachingberaterin. Sie griff das charmant vorgetragene Angebot auf, und fand die Idee interessant. Kommunikation und Austausch waren ja ihr Geschäft.

Dazu muss man wissen, dass der Mitgliedbeitragsschuldige bei den Gewerblern überhaupt nicht beliebt war, ja zum Teil sogar mit einer der Gründe warum mancher sich vom Gewerbeverein abwendete. Seine Handelsfirma hatte er vom Vater geerbt. Er fuhr Porsche. Hatte den Ruf unter dem Hag hindurch zu fressen. Galt als protzig und auch als hinterhältiger Geschäftler. So berücksichtigte er beim Bau seiner Villa nicht das einheimische Gewerbe, sondern heuerte deutsche Billigarbeiter an, was dann bereits beim Einzug, zum Verlottern seiner «Hütte» geführt habe, wie jeweils mit schadenfreudiger Erheiterung gefrotzelt wurde.

Denn, wie hiess es doch in den Statuten des Vereins: Der Verein hat sich zum Ziel gesetzt, das einheimische Gewerbe der Bevölkerung näher zu bringen, und den Zusammenhalt unter den Gewerbetreibenden zu stärken.

Und Zusammenhalt bedeutete natürlich nicht für achtzig Franken Lachs-Nüdeli essen, und dazu einen hundertzwanzig Franken teuren Wein aus Kalifornien süffeln. Sondern eine Zvieri-Platte und dazu einen Riesling Silvaner vom General!

Und genau der wurde jetzt ausgeschenkt.

Der General und seine Frau machten mit der Flasche die Runde, und verteilten Teller mit Aufschnitt und Käse, dazu Körbchen mit Zopfbrötchen. Der gemütliche Teil des Abends war eröffnet. Es erhoben sich die Gläser, zuerst Gruppenweise, oben am Tisch, unten am Tisch, in der Tisch-Mitte, und zuletzt noch aus gestrecktem Arm in die Ferne. Zum Wohl! Für Alle sollte es gelten. Eine lockere Plauderei verbreitete sich im Raum, die zeitweilig leicht an- und abschwoll.

Nur einmal war es ganz still. Vielleicht 5 Sekunden in denen niemand etwas sagte, eine seltsame Pause die jeder wohl insgeheim ratlos für sich wahrnahm, die dann von zwei, drei Geräuschen wieder gelöst und langsam weggeplaudert wurde.

Das sei ja wieder der himmeltraurigste Kindergarten gewesen, was sie diese Woche da in Bern geboten hätten, meinte der Treuhänder, während er mit spitzen Fingerchen ein Zöpfchen zerrupfte.

– Ja, so was ist wirklich ein Trauerspiel, aber man hat es ja sehen kommen.

– Ja ja, fähig ist der schon gewesen. Gut, es ist auch provoziert worden. Dieser Film ist Schuld gewesen, den sie vorher gezeigt haben. Das hat einen sehr schlechten Eindruck hinterlassen. Da ist mal einer fähig, und dann wird er auf so schändliche Art hinausgeworfen.

– Und es wird immer schlimmer.

29

– Gut, *der* hat bei seiner Wahl allerdings auch eine rausgeworfen.

– Eben.

Es schien eine Übereinstimmung unter den Kommentatoren zu geben, allerdings war nicht ganz klar, was sie ablehnten und was guthiessen.

Man sei heute als Unternehmer sowieso der Depp, meinte einer.

Ja, wenn man sich engagiere, werde das einem noch zum Vorwurf gemacht, pflichtete die Coiffeuse ihm bei. Sie könne ein Lied davon singen. Immer eingesetzt für ihre Lehrtöchter habe sie sich, obwohl die eigentlich finanziell eher eine Belastung seien, habe sie doch immer ihren Betrieb als vorbildlichen Ausbildungsplatz hochgehalten. Auch Jugendlichen mit schulischen oder sozialen Schwierigkeiten habe sie eine Chance geben wollen, daran sei ihr viel gelegen. Darum habe sie dann wohl auch nur Ausländerkinder gehabt. Die Lehrtöchter zur Selbständigkeit zu erziehen, sei ihr wichtig gewesen. Was dann aber einmal gnadenlos ausgenutzt worden sei. Ihr Treuhänder habe nämlich plötzlich bemerkt, dass in der Buchhaltung ein Fehlbetrag von fast 40'000 Franken resultierte. Man fand unmässige Bestellmengen eines teuren Haartönungsmittels. Damit hätte man die gesamten Frisuren einer Grossstadt tönen können, meinte die Coiffeuse leicht übertreibend. Da die Flaschen undurchsichtig waren, sei der Verbrauch nicht recht überprüfbar gewesen. Die Bestellung und Lagerführung der Salonprodukte seien, im Zeichen einer umfassenden Ausbildung, dem Verantwortungsbereich der Lehrtochter anvertraut gewesen. Sie habe also weil sie morgens als Erste erschien, ihr Zusatzeinkommen ideal bewirtschaften können. Die Polizei, die sie beigezogen hätten, meinte, man müsste die Verdächtigte in flagranti ertappen um sie zu belangen. Eine Videoüberwachung sei aber zu teuer für so einen ‹Bagatellfall›, hätten die Gesetzeshüter abgewunken. Also sei man eben direkt zur Anklage geschritten.

Zur Gerichtsverhandlung sei der Staatsanwalt dann allerdings gar nicht erschienen, anscheinend sei das bei solch ‹kleinen› Fällen üblich. Die Coiffeuse und ihr damals ebenfalls anwesender Ehemann seien aber, aus der Überzeugung vollkommen im Recht zu sein – da die Beweislage ja so klar und offen lag –, trotzdem einigermassen zuversichtlich gewesen. Der Verteidiger habe dann die ganze Anklage zerpflückt, auf Grund der «dürftigen› Beweislage, und sei zum Gegenangriff auf den schlechten Ausbildungsplatz gestartet. Einfach umgedreht habe der den Spiess. Ein Klima des Misstrauens und mangelnde Betreuung habe der ihnen vorgeworfen, – der Verteidiger liess kein Haar stehen.

Sie und ihr Mann, eigentlich Kläger, seien jetzt auf der Anklagebank gesessen. Sie seien nur dagesessen und mussten Gülle über sich schütten lassen. Etwas dazu sagen durften sie nicht, das wäre nur dem nicht anwesenden Staatsanwalt zugestanden. Die Lehrtochter wurde ‹mangels Beweisen› freigesprochen, und die Verfahrenskosten seien zulasten des Lehrbetriebes gegangen.

Ja, das sei halt so, wenn die Beweise nicht hundertprozentig stichhaltig seien, entscheiden die für den Angeklagten, resümierte der Schlosser mit bedauerndem Tonfall.

Nur sei hier die Beweislage ja eindeutig gewesen, empörte sich die Coiffeuse, mit rotlackierten Fingerchen ein Zöpfli zerreissend. Als einzige habe die Lehrtochter einen Schlüssel gehabt, und mehr als ein halbe Stunde Zeit um die Tönungen zu stehlen, und nur *sie* habe ständig neue Flaschen bestellt, das Bestellwesen sei ja explizit *ihr* zugesprochen gewesen.

Ja natürlich, beeilte sich der Schlosser zu beschwichtigen, das wisse sie als Chefin genau, für sie sei die ganze Schuldlage erdrückend klar, aber jene Richter müssten eben alles von einer neutralen Position aus betrachten, die brauchten eben etwas Konkretes, wie Videoaufnahmen oder Zeugen, die zum Beispiel die Hehlerei bestätigen könnten.

Nein, sie könne das nicht verstehen, seufzte die Coiffeuse, ihre Einstellung gegenüber der Justiz sei seither total gestört.

Jaja, diese Rechtsverdreher, das wisse man ja, monierte der Kutschenhalter mit vollem Mund, denen sei man eben ausgeliefert, diesen Saucheiben. Er wippte kurz lachend mit dem Kopf, und schob sich eine Tranche Speck hinein.

Der Treuhänder präzisierte, das sei jetzt schon ein wenig übertrieben, diese Geschichte zeige zwar schon auf eindrückliche Weise die Unzulänglichkeiten der Justiz, aber es gäbe eben immer Fälle die zwischen Stuhl und Bank fallen.

– Äh Chabis! Die kann man alle bezahlen, ja man braucht diesen Anwälten nur genug Chöle in den Arsch zu stecken, dann wird denen schon etwas einfallen um das Recht auf ihre Seite zu münzen.

– Ja-aah also ...

– Doch, doch! Der Kutschenhalter kam jetzt in Fahrt. – Zum Beispiel der Försterbüebel, hat der nicht auch das halbe Dorf geschwängert? Hä? Und sein Vater, der hat dann immer einen guten Anwalt gehabt, der die Geschichten mit ein paar Fränkli Abfindung geregelt hat.

Gut, der Försterbüebel habe halt sowieso seine eigenen Regeln gehabt, ergänzte der Maler. Ausser beim Jassen, da habe er die Karten schnell und richtig zusammengezählt, auch wenn er ja sonst nicht rechnen konnte.

Stimmt, er habe dem Försterbüebel auch immer die Protokollformulare ausgefüllt, für die Spritz-pläne der Integrierten Produktion seiner Reben, sagte der Kutscher, gespritzt habe der dann ja doch was er wollte. Aber er habe eben auch seine *Prinzipien* gehabt, der Försterbüebel. Er habe ein-mal in der Schmitte in einer üblen Laune gesagt: «In dieses Wirtshaus gehe ich ein Jahr lang nicht mehr». Auf den Tag genau, nach einem Jahr, sei er dann dort wieder aufgetaucht, und habe hinter seinem Halbeli gesessen, – als sei nichts gewesen.

Unterdessen sei er ja sicher nicht verdurstet, merkte der Maler an.

An warmen Sommerabenden sei er manchmal auf seinem Kreidler Florett, mit nichts weiter bekleidet als Trainerhosen und Gummistiefeln, Richtung Bözenegg gedröhnt. Der sei in allen Wirtshäusern der Nachbarsdörfer bestens bekannt gewesen. Ja, wenn man bedenke, dass von den ehemals 7 Beizen im Dorf, heute noch eine einzige existiere, so sei es sicher nicht am Försterbüebel gelegen.

— Man sagt, er habe seine Frau damals gezwungen ihn zu heiraten, fügte der Treuhänder orakelnd an, das Weinglas zwischen zwei Fingern drehend.

Das Thema Gerechtigkeit war offenbar zum Nachbartisch übergeschwappt, und hatte dort den Schlosser inspiriert. Er erzählte eine Geschichte, die sich vor kurzem bei einem seiner Lieferanten ereignet hatte. Sein Cousin sei mit einem Angestellten dieser Firma, einem Monteur, näher bekannt gewesen.

Dieser Monteur sei eigentlich nie aufgefallen; pflichtbewusst, ruhig und g'schaffig sei er gewesen, Familienvater von zwei Kindern. Bis er eines Tages aufgrund, wie er sich später rechtfertigte, falscher Angaben des Montageleiters, seines ihm direkt Vorgesetzten, einen Auftrag unbrauchbar ausführte. Der Firma entstand ein zwar geringfügiger aber nicht unerheblicher Schaden. Die Sache war also kein Weltuntergang, trotzdem wollte man nicht einfach zur Tagesordnung übergehen. Der Monteur sei vor den Kadi zitiert worden.

Der Monteur, sich im Recht glaubend, habe aber im Gespräch mit dem Produktionsleiter kein Einsehen gehabt. Die Sachlage sei doch klar: Die Angaben des Montageleiters hätten zur unbrauchbaren Montage geführt. Der Montageleiter, der offenbar schon vorher befragt worden sei, habe die Sache aber ganz anders dargestellt. Im Sinne einer ausschliesslichen Verfehlung des Monteurs. Es stand also Aussage gegen Aussage. Der Monteur, der anscheinend nicht damit gerechnet hatte, sei fassungslos gewesen, und habe sich in seiner Empörung auf ungeschickte Weise in einen scharfen Tonfall gesteigert.

Was einmal gesagt ist, kann man nicht mehr so schnell zurücknehmen. Daran änderte auch der beschwichtigende Rat des Produktionsleiters nichts: Er solle doch noch einmal darüber schlafen. Der Monteur habe noch etwas gestammelt – das Wort ‹Verschwörung› fiel – bevor er eingeschnappt zurück zur Arbeit gezottelt sei.

Auf Nachfrage, habe darauf der Montageleiter dem Produktionsleiter in seiner souveränen Art plausibel dargelegt, dass es allein das Verschulden seines Untergebenen war. Er meinte, das sei ja nachvollziehbar, wenn man die kommunikative Trägheit des Monteurs berücksichtige.

Der Monteur habe seine Arbeit fortan in einer stillen, schmollenden Art verrichtetet, nur das Nötigste gesagt, leise in den Bart grummelnd. Die Spannung zwischen ihm und seinem Vorgesetzten sei jedermann aufgefallen. Da der leutselige Montageleiter sich aber nichts habe anmerken lassen, und es verstand, scheinbar nachsichtig mit dem fehlbaren Untergebenen umzugehen, isolierte sich der Monteur auch immer mehr von den anderen Mitarbeitern, die für sein Kopfen kein Verständnis hatten. Die Geschichte hatte natürlich im Betrieb längst die Runde gemacht. Anfangs beurteilte man sein Verhalten als uneinsichtig, später fand man ihn stur, und zuletzt nannte man ihn «den Psycho».

Der Monteur habe die ‹Ungerechtigkeit› nämlich nicht auf sich beruhen lassen können. Von schlaflosen Nächten gepeinigt, habe er seiner Meinung nach klare Beweise seiner Unschuld formuliert, diese gesammelt, und in einem Brief an die Geschäftsleitung zu einer geballten Entschuldigungs- und Anschuldigungsschrift gebündelt. Dabei habe er sich als Mobbingopfer dargestellt, und seinen Vorgesetzten menschliche und fachliche Qualitäten abgesprochen, sowie generell eine Verschwörung gegen seine Person angedeutet.

Der Brief tat seine Wirkung. Denn der Betrieb wurde modern geführt, es wurde eine sogenannt zeitgemässe Kommunikationskultur gepflegt.

Der Monteur sei also wieder vorgeladen worden. Die Runde bestand aus ihm und seinen drei Vorgesetzten. Im Nebenraum sass eine Sekretärin, die natürlich die Geschichte mitbekam und weiterposaunte.

Moderat habe der Produktionsleiter die Ereignisse Revue passieren lassen. Sozusagen als Schiedsrichter, habe der Geschäftsführer aufmerksam zugehört. Der Montageleiter sei nur mit abgeklärter, bedauernder Miene daneben gesessen.

Die Erzähl-Version des Produktionsleiters müsse Benzin ins Feuer gewesen sein. Denn der Monteur, von der Rede angestachelt, habe allen Anwesenden böse ausgeteilt. Sie seien alle unfähig, und hätten sich gegen ihn verschworen, warf er ihnen ins Gesicht. Was natürlich nicht anging; man hatte sich schliesslich zur Diskussion, zum gegenseitigen Verständnis getroffen.

Verständnis für die ausfällige Art seines Angestellten, habe der Geschäftsführer dann allerdings nicht gehabt. Ultimativ sei der Monteur verwarnt worden. Fehlende Einsicht und Vergiftung des Arbeitsklimas. Andeutungsweise wurde mit Kündigung gedroht.

Der Monteur habe sich wohl zu stark in diesen, seinen ‹Unrechts-Fall› verbissen, so dass er nicht mehr loslassen konnte, und der Strudel ihn immer mehr nach unten sog.

Er habe sich fortan auch privat zurückgezogen, habe Geselligkeit gemieden, sei von seinem sogenannten Umfeld als ‹schwierig› eingestuft worden. Er habe sich für nichts mehr interessiert, und habe oft stundenlang vor sich hin gebrütet.

Die Kündigung sei eingetroffen, und darauf die Arbeitslosigkeit, dann die Scheidung. Das ganze ‹Programm einer Abwärtsspirale›.

Der Schlosser nahm einen Schluck Riesling, lehnte sich ein wenig zurück, und lies die behagliche, leichte Betroffenheit im Kreise seiner aufmerksamen Zuhörer setzen.

Der Gärtner, der den tragischen Fall anscheinend kannte, ergänzte, der Monteur habe doch dann kurz in einer Lampenfabrik eine Stelle als Lagerist bekommen. Und im Quartier habe es eine Initiative gegen ihn gegeben, weil er sich weigerte seinen Garten zu pflegen.

Ja, sein Haus sei auch verpfändet worden, weil er es nicht mehr habe halten können, bestätigte der Schlosser. Danach sei er dann von der Bildfläche verschwunden.

Nicht ganz, präzisierte der Gärtner, man habe ihn nämlich noch zeitweilig gesehen, wie er an der Aare gesessen, und stundenlang in den Fluss gestarrt habe. Einfach reingeglotzt habe der, einfach ins vorüberziehende Wasser geglotzt.

Umgebracht habe er sich wohl kaum, meinte der Schlosser beiläufig, sonst wäre er früher oder später beim Stauwehr im Rechen gelandet.

Ins Wasser zu gehen, sei eine grässliche Art sich zu verabschieden, befand die Beschrifterin. Wenn es denn schon sein müsse, würde sie eher Tabletten nehmen.

Der Gärtner schaute in sein Weinglas und meinte nachdenklich, im Kanton Appenzell gäbe es durchschnittlich die meisten Selbstmordfälle in der Schweiz, fast doppelt so viele wie im Tessin.

Ja, aber früher hätten sie sich eigentlich viel mehr umgebracht, meinte der Schlosser. Und vor allem aufgehenkt, habe man sich viel mehr. Im Heustock aufgehenkt.

Ins Wasser gegangen, seihen sie früher auch öfter. Heute könne halt fast jeder schwimmen, kalauerte der Gärtner.

– Der Bobek hat sich doch auch im Heustock gehenkt? Fragte der Kutschenhalter und schnappte sich ein Stück Käse. Sein borstiger Kutscher-Schnauz flackerte über dem hurtig kauenden Mund.

– Ja, der ist tatsächlich an Halsweh gestorben, sagte der Maler, merkte aber gleich, dass sein frivoler Spruch ein wenig gemein sein könnte, und fügte eilig an:

– Ist schon erstaunlich, wie früher die geistig Behinderten alle im Dorf gelebt haben. Heute sind doch alle in Heimen versorgt.

– Die will eben heute niemand mehr am Hals, meinte der Gärtner, in die ferne blickend.

– Heute wird ja sowieso jedes Problemchen sofort verwaltet, und für jeden Furz brauchts eine

Amtsstelle und ein Care-Team!

— Behindertenbetreuung kann aber sehr anspruchsvoll und belastend sein, protestierte die Schriftenmalerin.

— Ausserdem haben sie in den Heimen ein viel besseres Leben, als früher, wo sie einfach die Dorfdeppen gewesen sind.

— Gut, die Irrenanstalten waren ja auch nicht gerade das Paradies, gab der Gärtner zu bedenken.

— Vielleicht war das früher so, aber die heutigen Heime bieten auch für sogenannt nicht normale Menschen ein an sie angepasstes Umfeld mit anregenden Betätigungsmöglichkeiten, sagte die Schriftenmalerin, dadurch werden die Behinderten heute auch viel älter.

— Ja, und auch die Unterhaltskosten grösser! Witzelte der Maler triumphierend.

— Aber sind denn nicht vor allem auch die besseren Medikamente Schuld an der längeren Lebensdauer?

— Ja sicher, die treiben ja generell die Lebenserwartung in die Höhe. Und die Leichen verfaulen nicht mehr auf den Friedhöfen, weil sie dermassen mit konservierenden Medikamenten vollgepumpt wurden. Ja gut, am Schluss muss die Pharma dann halt noch mal so richtig an uns verdienen.

– Genau!

– Da hat der Bobek doch eigentlich einen *günstigen* Abgang fabriziert, versuchte der Maler, ein wenig unpassend, das Thema abzurunden.

Der Kutschenhalter nestelte in der Hemdtasche, und zog einen Stumpen hervor, den er sich räuspernd zwischen die Lippen schob. Die stechenden Äuglein blickten suchend aus dem verkniffenen, mürrischen Gesicht. Er klopfte sich die Taschen ab. Nein, ein Feuer könne er hier sowieso nicht machen, sagte der Gartenbauer mit ironischem Bedauern. So lange er noch könne, müsse der es eben noch benützen, doppelte der Maler nach, es sei ja bald verboten in Beizen zu schloten. Zu recht! Triumphierte die Schriftenmalerin, wenn man bedenke, wie früher immer und überall rücksichtslos gequalmt wurde. – Selbst in der Schule gab es Lehrer, die sogar während dem Unterricht das Schloten nicht unterlassen konnten.

Unschlüssig drehte der Kutschenhalter den Stumpen zwischen den Fingern, und steckte ihn in die Tasche zurück.

– Alles wird einem heutzutage verboten, nicht

mal mehr im eigenen Garten darf man ein Mott-feuer machen.

— Ja das stimmt, alles ist verboten, am besten man legt sich die Handschellen gleich selber an, ergänzte der Maler seufzend.

Der Schlosser, schon ein wenig weinselig, lehnte sich im Stuhl zurück, und blickte nachdenklich ins Leere. So ein Feuer machen, sei halt schon eine schöne Sache. Das Feuer habe eine seltsame Faszination. Es habe wohl immer noch die selbe magische Kraft wie zu Urzeiten. Er könne stundenlang ins Feuer stieren, das beruhige ihn. Nur das man heute tatsächlich beinahe kriminalisiert werde, wenn man im Garten ein Feuer entfache. Insofern sei halt unsere Zeit schon anders als die Urzeit; aber der Mensch dann halt doch wieder, der sei halt doch immer noch magisch angezogen von diesem Feuer, also doch irgendwie in der Urzeit hängengeblieben, oder?

Der Schlosser liess seine Worte einen Augenblick nachhallen, und nahm mit einer langsamen Bewegung sein Glas, führte es zum Mund, und nahm einen kurzen Schluck. Mit dem Glas in der Hand, verharrte er einen Moment in nachdenklicher Pose. Plötzlich ging ein kleiner Ruck durch seinen Körper und gleich noch einer, dann prustete er leicht, so dass ein wenig Wein über den Tisch sprühte. Der unterdrückte Hustenreiz kitzelte ihn noch einige Sekunden, er versuchte den Reiz mit kontrolliert in die Serviette husten zurück zu drängen, bis er schliesslich die Oberhand gewann in diesem seltsamen Kampf.

– Hoppla, meinte der Maler, nimm noch einen Schluck, damit es die Kröte runterspühlt.

Der Schlosser nahm in seiner Verlegenheit, das ihm angebotene, aufgefüllte Weinglas, und setzte es an. Diese gute Wendung seiner unfreiwilligen Vorstellung erheiterte die gespannt mitfühlende Runde, so dass es zum allgemeinen Gläserheben kam: – «Auf das Feuer! Und auf den Wein vom General!»

Am Nachbarstisch war man nicht so gesprächig. Der Car-Unternehmer erkundigte sich beim Ex-Präsidenten, ob seine Audio-Video-Bau-Firma gut laufe. Die Frage war ein willkommenes Stichwort für den Angesprochenen. In detaillierten Ausführungen beschrieb er seine Auftragslage; dass er bereits heute morgen um halb sechs Richtung Welschland unterwegs war, welche Probleme sie dort gehabt hätten, und warum genau dieses Ersatzteil, das es nicht mehr gibt, er noch an Lager habe, und wo er dieses Teil seinerzeit ausgebaut hatte, und welche technischen Details es eben unersetzbar machen. Weil, *die* könnten sich Produktionsausfälle nicht leisten. Die seien ja weltweit der zweitgrösste Lebensmittelproduzent. Alles sei elektronisch abgesichert, da komme niemand einfach so rein, da brauche man einen Badge. Alles Reinräume. Nur mit Reinanzug rein. Man müsse sich vorstellen, wenn die Düse die das Milchpulver einspritzt, nicht hundert Prozent arbeite oder gar verstopfe, also dann stehe alles still; weil die Einhaltung der Rezeptur und die Hygienevorschriften: oberstes Prinzip! gigantisch! Da könne man sich keine Abweichungen leisten, darum seine Kamera, die den Strahl genau überwacht, da müssen Zoom und Schwenkbereich perfekt funktionieren, und so könne dann halt schon mal das Natel klingeln um halb drei in der Nacht.

Der Car-Unternehmer liess hie und da ein «aha» oder «ja» einstreuen. Auch die Werkzeughändlerin und der Zimmermann hörten den Geschichten aus der Welt von Audio und Video aufmerksam zu. Der Taxibetreiber schaufelte sich fleissig Aufschnitt in den Mund, und schien nicht so ganz bei der Sache. Er fing an zu horchen, was am hinteren Tisch die Personalcoachingfachfrau erzählte.

Sie sass aufrecht mit verschränkten Händen, und verkündete gerade mit wohltemperierter Stimme, es habe grundsätzlich ja jeder Stärken, nur müsse man die zuerst kennenlernen, damit man sich seinen Kompetenzen bewusst werde.

Der Schreiner kratzte sich in seinem schütteren Haar:

– Und wenn jemand überall nur Schwächen hat?

– Genau da ist es eben wichtig Selbstvertrauen zu schöpfen, in dem man seine Talente entdeckt.

– Und wenn die Talente für nichts zu gebrauchen sind?

– Dann braucht es Unterstützung, jemanden der das Potential des Menschen, seine Bedürfnisse und Intentionen, mit den bestehenden Ausbildungs-Angeboten in Einklang bringen kann.

– Fragt sich ob es für *all das* auch wirklich Stellen gibt, bezweifelte der Dorfladengenossenschafts-präsident.

Die Medizinische Masseurin bestätigte frohlockend: – Stimmt! Genau! *Die* Stellen gibts nämlich gar nicht!

– Eine schrittweise Umsetzung ...

– ... Und irgendwelche Flausen kann sich kein Betrieb leisten.

– Oft genügen andere Gedanken um sich neue Verhaltensmöglichkeiten zu erschliessen, denn die schrittweise Umsetzung ...

– ... Ach! Da machen die doch immer so Empfehlungen, Berufe der Zukunft: Gamedesigner und so.

– Natürlich mit Fachhochschulabschluss!

– Minimum, Flach-Hochschule, und die kreativen Jungs finden dann die tollsten Jobs!

– Im Umfeld der Laufbahnplanung ist eine schrittweise ...

– Von den Ü-Fünfzig wird auch verlangt dass sie flexibel sind, lebenslanges Lernen und so, quasi Rad neu erfinden. Da fragt doch niemand ob man ein Talent dazu hat!

– Eben! Die Ausbildung sei ja scheint's nie fertig. Und überhaupt: Eigentlich ist es ja erklärtes Ziel Arbeit abzuschaffen, Arbeit ist viel zu teuer, eine Maschine machts günstiger.

– Und da werde dann Potential frei um sich im *Kreativbereich* zu betätigen; also jetzt soll mir doch mal einer sagen was das genau ist, der *Kreativbereich*! Scherenschnitte? Oder was?

Die Masseurin und der Genossenschaftspräsident steigerten sich gegenseitig in einen Skepsisrausch. Beide hatten offenbar eine bewegte Arbeitnehmerkarriere hinter sich, bevor sie den Schritt in die Selbstständigkeit taten.

Die Diskussion schien der Personalcoachingfachfrau ein wenig aus dem Ruder zu laufen, in eine zu plakative Richtung zu gehen. Mit Engelsgeduld versuchte sie das Thema auf eine differenziertere Ebene zu führen. Unsere Zeit stelle halt gewisse Anforderungen an den Menschen, gerade als Gewerbetreibende wüssten sie alle um die ständige Volatilität und den harten Wettbewerb des Marktes.

Da sei es eben wichtiger sich öfter neu zu positionieren anstatt zu jammern.

Das stimme auch wieder, meinte der Schreiner sinnierend, vor allem wenn man auf so hohem Niveau jammere wie wir. Wie aufs Stichwort durchfuhr die Masseurin ein Ruck, und sie bestätigte lebhaft des Schreiners Worte; dieser von ihm eingebrachte Alltags-Wiederspruch war ihr offenbar ein Anliegen. Denn darin war man sich in dieser Runde einig: Jammern, gehörte naturgemäss nicht zum Verhaltensrepertoire von Gewerbetreibenden.

Der Heizungshändler, der anscheinend Experte zum Thema Markt und Wettbewerb war, beschwor die neue Welt, wo nur noch der *überlebe*, der mit Geschick und höchster Flexibilität agiere. Die Preise seien halt im Sinkflug, da müsse man die betrieblichen Bedingungen optimieren wo man nur könne, das sei halt wie im Tierreich: der Stärkste überlebe.

– Oder der Rücksichtsloseste, flocht der Schreiner mit nebensächlichem Tonfall ein.

– Ja auch, klar. Der Heizungshändler fabulierte weiter aus seinem Kompendium der Geschäftswelt. Mit Beispielen vom Firmenalltag eines Heizungshändlers, zauberte er die Illusion eines Kampfplatzes, mit Helden und zu bestehenden Abenteuern in den Raum. Da aber anscheinend niemand gross an diesen Geschichten interessiert war, entwickelte sich ein anderes Gespräch am Tisch. Als Zuhörerin, die den Blick des Heizungshändlers erwiderte, blieb nur noch die Personalcoachingfachfrau übrig. Sie folgte seinen Ausführungen mit Aufmerksamkeit, gab Kommentare und stellte Fragen, die allerdings den flüssigen Ablauf seiner Berufsweltschilderungen hemmten, so dass ihm ein wenig mulmig wurde, und seine Erzähllust ermüdete.

Vom Verkaufstresen, wo er die aufgereihten Produkte des Hauses studiert hatte, kam scheinbar gelangweilt der IT-Fachmann und gesellte sich zur Tischrunde. Den Abend verbrachte er als Nichtmitglied, sozusagen als ‹Kandidat› an dieser Versammlung. Auf Einladung der Personalcoachingfachfrau – offenbar eine seiner Kundinnen. Man hatte den Eindruck, mit seiner jungdynamischen Art, sei er ein wenig deplatziert in diesem «Gwerblerklub».

Die Personalcoachingfachfrau versuchte sofort ihn einzubinden, mit den anderen am Tisch in Austausch zu bringen. Der Schreiner fragte ihn denn auch, was er eigentlich so werkle in seinem Metier? Der IT-Fachmann gab sofort breitwillig Auskunft: Mit seinem Start-Up im Softwarebereich, biete er als Advisor grundsätzlich viele Services an. Er erzählte was seine Arbeit so beinhalte, und was für Dienstleistungen zum Beispiel auch für KMUs interessant sein könnten. Seine Erklärungen waren gespickt mit englischen Begriffen aus IT- und Geschäftswelt. Diese Fremdwörter sprach er in perfektem Englisch – oder war es Amerikanisch? –

so dass man den Eindruck hatte, er sei zweispra-
chig. Sobald ein Fremdwort erschien, veränderte
sich seine Aussprache, der Dialekt setzte aus und
die Fremdsprache ein, als würden verschiedene
Sprecher reden. Vielleicht tönte es fast ein wenig
zu perfekt, denn er imitierte auch den seltsamen
Sprach-Singsang, was manchmal wie ein Quengeln
oder Nörgeln tönte, dann wieder wie ein Quäken
mit scheinbar, so dünkte es einem, abgewürgten
Konsonanten, das dann aber plötzlich und uner-
wartet, in einen ebenso scharfen Konsonanten-
auswurf mündete. Nebst «Start-Up» sagte er oft
«Wow!» oder «Silicon Valley». Lieblingsworte waren
auch «absolut!», «fantastisch», «transparent», «fan-
tastisches Umfeld», «absolut Top!», «Geschäfts-
modell», «Digitalisierung» und «in neue Märkte
investieren». Die Personalcoachingfachfrau freute
sich sichtbar, dass mit dem IT-Fachmann jemand
anwesend war, mit dem sie auf Augenhöhe einen
beruflichen Austausch führen konnte. Die anderen
Mitglieder der Tischrunde, schauten zurückhal-
tend beeindruckt, auf das für sie exotische Exem-
plar einer unbekannten Branche. Einer Branche,
von der man zwar viel hört, aber bei der man, wie
bei vielen Branchen heutzutage, eigentlich wenig

davon versteht, und sich ein wenig dafür geniert. Man war halt vom Lande, sozusagen.

Der Schreiner meinte: Gut, es sei wohl hier schon nicht so lauschig wie im Silikenwäli. Absolut! Erwiderte der IT-Fachmann.

Es sei ihr ja eigentlich eine ganz fremde Welt, diese Computerbranche, sagte gähnend die Masseurin. Aber man müsse halt doch mitmachen, sonst sei man nicht mehr dabei; man werde einfach abgehängt. Sie komme sich manchmal schon ein wenig als Dummchen vor.

– Du sagst es: wir müssen immer schön brav alles mitmachen.

– Die Digitalisierung durchdringt unseren ...

– Gut, das war auch schon in früheren Zeiten so, dass die Veränderungen einem überrollt haben.

– Ja aber das Tempo ist heute rasant!

– Du sagst es! Die Entwicklungen kann niemand mehr stoppen!

– Gut, das Ganze entwickelt sich ja auch von selbst, da brauchts uns gar nicht mehr.

– Ja klar, und man muss sich schon fragen, ob *wir* den Krempel wirklich brauchen.

– Analysen zeigen die Durchdringung ...

– Aber uns geht es doch gut! Noch nie, ging es uns so gut. Diese Geräte sind doch ein Segen, sie vereinfachen vieles.

– Eben!

Die Tischrunde war ein wenig erschöpft. Auch der Personalcoacherin, die sich gar nicht so recht hatte einbringen können, war der Appetit auf das Thema vergangen.

Einige Mitglieder waren bereits heimgekehrt. Man rückte zusammen. Auch der Zimmermann und der Car-Unternehmer erhoben und verabschiedeten sich. Ein kühler Luftstoss erfrischte die Köpfe, als die Türe, oder vielmehr das Scheunentor des Degustationsraumes sich öffnete. Der Treuhänder schüttelte sich. Das sei jetzt definitiv nicht seine Jahreszeit. Im Winter gehe er ja meist nach Thailand in die Wärme. Die Beschrifterin wurde hellhörig. Wohin er denn in Thailand gehe, sie gehe nämlich auch immer nach sowieso – irgend so einen exotischen Ortsnamen nannte sie –, ob er da auch schon gewesen sei?

– Ja auch schon? Wirklich? Ins Hotel sowieso? Ja? Das sei aber nicht war, sie könne das fast nicht glauben. So ein Zufall. Ja dann kenne er doch sicher das Restaurant links von der Bucht, wie heisse es doch gleich, dort wo man diese bombastischen Cocktails bekomme. Das müsse er doch kennen. Ja genau, dort wo es so viele Engländer habe. Ja genau, das Suki Chokchai! Ja jetzt so ein Zufall! Unglaublich!

Die Beschrifterin blickte heischend in die Runde. Sie war fassungslos, fast in Ekstase. Der Treuhänder lächelte mild, und meinte gönnerhaft: die Welt sei eben klein. Und die Coiffeuse bemerkte beiläufig, sie sei da übrigens auch schon mal gewesen, vor ein paar Jahren, jetzt gehe sie aber nach sowieso – irgend eine Insel im Süden.

Dann sei er anscheinend der Einzige, der dort noch nicht gewesen sei, grinste der Gartenbauer. – Du fliegst sicher auch jedes Jahr ins Thaiparadies, stichelte er in Richtung Kutschenhalter. Der knurrte etwas Unverständliches, von Reisfressern oder so.

– Ja gut! Meinte mit vielsagendem Blick der Gärtner, du hast ja immer Ferien, kannst immer Kutschenfahren.

– Bist ein dummer Schnörri! Maulte der Kutscher.

Letztes Jahr seien sie mit der Familie in Kenia

gewesen, Safari, schwärmte der Maler. Man habe vom Jeep aus die Löwen fast berühren können, wirklich! Man fahre mit dem Jeep direkt an diese wilden Tiere heran, es sei fantastisch. Nur einmal sei es beinahe brenzlig geworden.

Seine Erzählung wurde abrupt unterbrochen, denn zur dramatischen Unterstreichung machte er eine ausholende Handbewegung, und schob unglücklich sein mit Rotwein gefülltes Glas vom Tisch. Es zersplitterte auf dem Betonboden. Die Frau des Generals eilte herbei und rief: «Nichts, nichts, ich mach das schon!»

Der Maler, ein wenig zerknirscht, liess sie machen, und betrachtete die faszinierenden Weinflecke die entstanden waren. Passend zum Thema ferne Welten, erinnerten die Flecken an phantastische Kontinente. Wie ein Rohrschachtest, als Abbild seiner angeregten Erzählung, waren sie auf dem grauen Betonboden zu einem seltsamen, dynamischen Bild erstarrt.

Der Gartenbauer schenkte ihm ein neues Gläsli ein, und erklärte der Generalsfrau, der Maler sei gerade eben auf Safari gewesen, es sei brenzlig geworden, und da habe er die Kurve nicht mehr erwischt.

Apropos Kurve, er müsse langsam in Richtung Unterdorf kurven, brummelte der Treuhänder gähnend. Der Schlosser goss ihm sofort Wein nach. Ach was, jetzt wolle er schon ins Körbchen? Dabei fange es doch erst richtig an gemütlich zu werden.

– Jawohl, gemütlich! Und wenn du jetzt noch anfängst zu singen, dann fordere ich sie zum Tanz auf, meinte der Gartenbauer, den Kopf neckisch in Richtung Generalsfrau weisend. Sie fidelte immer noch energisch am Weinfleck rum, als hätte sie den ganzen Abend auf diese Tätigkeit gewartet.

«Bei Gesang und Lieder, Wein und Weiber da lass dich nieder», brummelte der Schlosser zufrieden vor sich hin. Die Coiffeuse fühlte sich als Mitglied ihres untervertretenen Geschlechtes zur Empörung verpflichtet. Leicht angriffig, aber ebenso belustigt, kommentierte sie: So eine Männerrunde habe halt schon eine besondere Dynamik, aber sie lasse sich nicht so schnell verbrämen – auch wenn sie keine Emanze sei. Offenbar wie aufs Stichwort, meldete sich die Personalcoachingfachfrau, die neue Vizepräsidentin, die auf Verabschie-

dungsrunde war: Aha, hier laufe eine gesellschafts-
politische Diskussion! Die Coiffeuse strahlte. Ja,
sie solle ihr helfen, sonst gebe es eine Männer-
verschwörung. Die Personalberaterin schaute mit
fragendem Blick stimulierend in die Runde. Zu so
später Stunde gebe es doch nicht etwa einen Ge-
schlechterkampf?

Niemand gab eine Antwort. Man schmunzelte
nur leicht verschmitzt aus der Wäsche. Von den
Angesprochenen hatte wohl keiner Lust auf das
Thema; vielleicht sogar eine gewisse Angst, mit
der angestachelten und vor Energie strotzenden
Personalcoachingfachfrau in eine ungewollte,
wenn bestimmt auch witzige Fechterei verwickelt
zu werden. Nein nein, man habe nur tanzen wollen
und singen, beschwichtigte der Schlosser lächelnd.
Die Personalcoachingfachfrau, offenbar zufrieden
mit der versöhnlichen Antwort, verabschiedete
sich.

Tanzen und Singen wollte sie glaub nicht, be-
dauerte der Schlosser, mit dem Kopf in Richtung
der Abgehenden weisend. Aber man singe ja heutzutage auch nicht mehr.

Die Coiffeuse dressierte ihr Seitenlöckchen, lei-
der habe dazu wirklich keiner mehr Lust, dabei sei

das doch früher so schön gewesen.

— Die Medien sind Schuld daran. Im Fernseher wird man unterhalten, professionell, da traut sich halt niemand mehr singen.

— Die Jungen haben auch alle immer Stöpsel in den Ohren.

— Nicht nur die Jungen!

— Eben.

— Hat früher *immer* zum geselligen Zusammensein gehört, das Singen.

— Ja gut, aber wer kann denn heute überhaupt noch singen?

— Genau.

— Vorallem, wer kennt überhaupt noch Lieder?

— Richtig! Und ist alles nur noch englisch!

Er könne schon etwas zum Besten geben, — so aus dem «Röseligarte», «em Aargäu send zweu Liebi», oder «Stets in Trure muess i läbe», flüsterte laut der Gartenbauer mit spitzbübischem Blick.

Der Maler theatralisch entsetzt, stellte sein Glas auf den Tisch: Ja gut, doch, sicher, singen könne er natürlich gerne, — es habe ja schon lange nicht mehr geregnet!

Besorgt, mit leicht gequältem Ausdruck und eindringlicher Stimme berichtigte die Coiffeuse: Das sei doch gerade der Punkt, es getraue sich niemand mehr, man werde fast als Zumutung hingestellt.

– Also, je nach Singkunst, ist das vielleicht schon...

– Genau desshalb singt man eben zusammen!

– Dann fällt das gequäke der Falschsinger weniger auf.

– Nein, auch Unbegabte werden vom Chor getragen, so muss sich niemand genieren.

– Eben.

– Wir könnten doch jetzt über den Schatten springen, und gemeinsam etwas singen!

– Reimt sich jedenfalls schon ...

– Was könnten wir, was alle können?

Diese Frage der Coiffeuse löste in der Runde ein verlegenes Schweigen aus. Einerseits war die Stimmung durch die engagierte Art der Coiffeuse recht aufgelockert, aber jetzt, wo es direkt ins Gruppenspiel mündete, war die Motivation eher kläglich. Einige setzten das Weinglas an – wohl um das Thema runter zu spülen. Ob denn niemand einen Vorschlag hätte, fragte die Coiffeuse mit forderndem Unterton. Jetzt wo es darum ging, das vorher angestimmte Klagelied der Singabstinenz wegzusingen, zeigte sich offenbar das ganze kultu-

relle Schlamassel, die ganze Lieder- und Singver-
wahrlosung äusserte sich jetzt, in der Stunde der
Wahrheit, genau in diesem Verhalten, im Unver-
mögen die angeeignete Verkümmerung zu über-
winden. Die Coiffeuse mit dem Mut der Unbeug-
samen ausgestattet, machte einen letzten Versuch:
Das «Burebüebli» kennen doch alle noch, und das
sei doch immer wieder ein gelungenes Stimmungs-
lied.

Sie hakte den Arm gleich beim Gartenbauer ein,
und der, belustigt, beim Sitznachbar. Die Coiffeuse von ihrem gelungenen Ansporn beflügelt,
eins zwei drei, stimmte mit leuchtenden Äuglein
und ein wenig überschlagendem Stimmchen in
das Lied ein, zögernd und zaghaft begleitet von
zwei-drei Mitsängern. Anfangs leicht rempelnd,
bewegte sich die Gesellschaft in einen etwas ecki-
gen Schunkelrythmus, hielt den Gesang eine Weile
durch, verfiel dann bei «... das gseht mer mer wohl
a ...» in eine seltsame Unsynchronität, und zerbrö-
ckelte dann beim allzu verhaltenen «Juhee» endgültig in seine Einzelteile. Die Coiffeuse sang noch
anderthalb Takte weiter, bis auch ihr die Strophe
abriss. Mit verlegenem Lächeln und himbeergerö-
tetem Gesicht guckte sie verschämt in die Runde.

Einen Augenblick lang sagte niemand etwas. Vom Nachbartisch hatten sich während der Vorstellung die Köpfe zugewandt, runde Äuglein schauten herüber; gönnerisch lächelnd und leicht überrascht, nahm man das abrupt beendete Intermezzo zur Kenntnis.

Motiviert durch die dürftige Vorstellung des Chors, erhob von drüben der Schreiner das Glas, und fing jetzt selber an zu singen. Nur ein paar wenige Takte eines Liebesschnulzen. Aber aus voller Brust. Und an geeigneter Stelle beendet, so dass es trotz der Unvollständigkeit als abgerundete, humorvolle Einlage erschien.

Die Coiffeuse sichtlich dankbar, klatschte, und auch alle Andern applaudierten dem tapferen Retter.

Der General machte seine Runde. Der Wein plätscherte in die Gläser.

Das Burebüebli sei halt schon ein wenig altmodisch, fasste der Maler die Situation treffend zusammen. Der Schlosser nickte eifrig wippend, nahm einen Schluck aus seinem Weinglas, zog die Brauen hoch und meinte:

– Ich wäre gerne altmodisch gewesen, aber es

ist mir nicht gelungen, denn meine Generation hat wahrscheinlich zu wenig von dieser Grundwürde, von diesen Prinzipien; sie ist zu stark zerrüttet, und hin und hergerissen.

Der Schlosser nahm erneut einen Schluck.

– Aber es geht ja anscheinend doch noch, das mit dem Singen. Man lässt sich halt heute lieber mit Musik *berieseln*. Man *kauft* halt lieber, statt selber zu machen. Und überhaupt gibt man alles den Profis und Experten ab. Die können es besser, schneller und billiger.

– Billiger? Na ja, es geht so.

– Ja Wurst, jedenfalls traut man sich immer weniger zu.

– Also das stimmt nur bedingt. Heute hat man viel mehr Möglichkeiten, und der Zugang zu vielen Bereichen ist einfacher. Man kann sich heute Dinge kaufen, die früher den Profis vorbehalten waren. Vorher hier Amateurausrüstung – dort Profi-Equipment.

– ... Genau, und auch der Preis ist nicht mehr so ein Hindernis wie früher. Vieles kann sich heute jeder leisten. Auch was einst unerschwinglich war.

– Ja eben.

Der Schlosser winkte ab

– Äh bah! Klar, *kaufen* geht schon – da sind wir gut. Alles ist kaufbar, und auf das läuft es auch hinaus.

– ... Aha, jetzt redest du aber wie ein Sozi!

Der Schlosser lachte und trank einen grossen Schluck Roten

– Alles ist doch so-ooh billig! Nichts ist mehr etwas wert. Unsere Produkte sind nichts mehr wert, aber bald auch unsere Arbeit, raunte der Schlosser mit orakelndem Tonfall.

– Einzig die Banken, diese sogenannte Finanzindustrie, die schleudern mit Geld um sich, dass es einem schwindlig wird, Geld zu dem gar kein Gegenwert existiert! Ein bombastisches Schneeballsystem das niemand mehr versteht, nicht mal die Finanzindustrie selber.

– Stimmt schon. Nimmt einem wirklich Wunder ob die das noch kapieren, – gut, das sind halt Fachleute.

– ... Fachleute! Wir schaffen uns doch selber ab, wenn wir alles den Fachleuten übergeben! Beharrte der Schlosser. Überall Fachleute! Und *die* verbessern laufend alles. Alles wird bis ins Detail geregelt und verfeinert. Alles wird bequemer. Und für unsere sogenannten Bedürfnisse wird uns schon ein

Befriedigungsvorschlag gemacht, bevor wir merken ob wir dieses Bedürfnis *überhaupt haben*. Wir lösen uns auf, in einer uns zum Wohle optimierten Welt. Zu sagen haben wir nichts mehr. Und gefragt werden wir schon gar nicht. Ständig werden uns neue Geräte und Produkte vor die Nase gesetzt, bei der Arbeit oder auch privat, ob wir nun wollen oder nicht. Aber den Überblick auf das Ganze hat niemand mehr. Die Experten sehen nämlich nur, was in ihrem eigenen Schublädchen ist, und das perfektionieren sie, bis niemand mehr etwas davon versteht, und es uns verleidet. Wir werden zu Benutzer degradiert.

– Ja ok, das ist jetzt aber doch ein wenig zu pessimistisch, die werden ja auch kontrolliert, können auch nicht machen was sie wollen – oder?

– Wer kontrolliert? Der Staat? Also der Staat hat eigentlich gar nichts zu sagen! Neue Entwicklungen passieren weltweit, die muss der Staat einfach durchwinken, alles akzeptieren was die grossen Player wollen, sonst gehen die einfach in ein anderes Land. *Das* gehört eben auch zur Globalisierung. Aber die kleinen Menschlein, uns Gewerbler zum Beispiel, *die* kann der Staat dann schikanieren und traktieren, ihnen bis ins letzte Detail alles vorschreiben oder verbieten, und selbst den unbedeutensten Mist regeln.

— Ja also…

— Doch doch, genau so ist es! Und ausserdem, machen wir uns doch nichts vor: Wir Gewerbler sind ja auch am Gängelband der Grossen, der Multis, wir sind ja nur noch deren Zulieferer, Handlanger, Komponentenhersteller. Da fragt dich doch keiner nach deiner Meinung! Und der Staat hofiert den Grossen, wir Kleinen haben nur zu folgen.

Der Schlosser, sichtbar ereifert, aber auch erleichtert von seiner philosophischen Eruption, setzte, durstig geworden, sein Glas an. Der Kutschenfahrer, dem vor allem das Klagelied vom bösen Staat gefiel, brummte mit weingetränktem Schnauz, das stimme schon: Die in Bern oben entscheiden das für sich, und unsereins könne dann wieder schauen wie es weiter gehe.

Der Schlosser war wohl nicht ganz glücklich mit dieser vereinfachenden Interpretation, zog die Brauen hoch, nickte leicht, und sprach ein kurzes, leises «Ja».

Eigentlich wusste niemand so recht etwas anzufangen mit der skeptischen, zeitkritischen Art des Vereinskameraden; war das wirklich die Denkwelt eines Gewerblers?

Auch hatte des Schlossers Lamentieren den Gesprächsfluss am Tisch ein wenig gebremst. Eine Langeweile gesellte sich zur Runde.

Zum Glück war da noch der Wein. Der Generalswein. Das Stilleben der Tische, mit Weinflaschen und Gläsern, gab einen stillen Zusammenhalt in dieser kulturell eher desorientierten Stimmung. Tiefrot und klargelb in den Gläsern waren wie machtvolle Sterne, über Jahrhunderte sich bewährte, unumstössliche Werte, im durchdringenden Neonlicht des Degustationsraumes.

Die Reihen im Raum hatten sich schon ziemlich gelichtet. Der Taxihalter, und jetzt neue Präsident, stand im Mantel bereit zum Aufbruch. Seine Bäckchen glühten weinselig.

Die Werkzeugmaschinenhändlerin und die Beschrifterin gesellten sich zu ihm, und da er nicht mehr so trittsicher schien, nahmen sie ihn in die Mitte. Mit seinen borstigen, kurzgeschnittenen Haaren erinnerte er an einen Igel. Die beiden Frauen die ihn flankierten, schienen grösser zu sein, und das machte ihn noch mehr zum Igel. Einen verwaisten Igel.

Er schien die Betreuung zu geniessen, und guckte glücklich aus seinem Mantelkragen, hakte bei den Damen ein, und gab schmatzende Geräusche von sich. Scherzend trippelte die illustre Gesellschaft in die kühle Nacht.

Lautlos und unauffällig beschäftigte sich drinnen die Generalsfrau mit Geschirr, Flaschen, Gläser, Körbchen, und Haushaltsmaterial. Wahrscheinlich Aufräumarbeiten. Flink und routiniert hantierte sie, aber eben auch ruhig und unbemerkt, so dass es nicht als Aufforderung zum Gehen verstanden wurde.

Auch der General, der müde unter seinen Hängelidern hervoräugte, aber eigentlich immer so schaute, agierte diskret im Hintergrund, mit ruhigen aber zielsicheren Bewegungen, – er hatte nichts leutseliges, nichts ‹gross-gastgeberisches›, sondern wandelte eher traumwandlerisch unter seinen Gästen.

Mit konzentrierter Haltung, wie ein Laborant, füllte er die Gläser bis zu einem imaginären Niveau, das er genau zu ermessen schien. Jetzt sass er da, hemdsärmelig, mit schaufligen Händen, und tiefrotem, von zahllosen Rebgängen windgepeitschtem Gesicht, am Rande eines Tisches, und war *dabei*, nahm sozusagen am Gespräch teil, als Zuhörer; nicht weil er nichts zu sagen gehabt hätte, sondern weil er zuhörte. Und mit dabei sass.

Oben am Tisch schwärmte der Heizungshändler kennerisch von Weinen. Er war wohl ein Connaisseur. Hiesige Tropfen könne man eigentlich nicht trinken – da könne man nämlich gleich mit Essig gurgeln.

Wieso er denn jetzt *den* trinke, fragte lapidar der Kutscher. Der ‹Weinkenner› wollte darauf etwas antworten, aber der Kutscher meinte zur Tischrunde gewandt, der heurige Jahrgang werde bestimmt gut, bei dem Prachtswetter.

Die Winzer seien halt auch die Profiteure der Klimaerwärmung, seufzte schmunzelnd der Gartenbauer.

Das werde man dann erst noch sehen, meinte der Treuhänder, nahm sein Glas und liess den Letztjährigen hinunterrinnen.

Der Heizungshändler trank vom Mineral. Er gehöre eigentlich zu den Verlierern in der Klimathematik, mit seinem Heizungsbusiness, möchte man meinen, aber die neuen gesetzlichen Bestimmungen forderten innovative Lösungen, und diese eröffneten ihm eben wiederum neue Märkte, weil die technologischen Entwicklungen das ganze Geschäftsfeld erweitern.

– Da bekommst du sicher dann Subventionen. Beim Bund sind sie ja Gottenfroh wenn sie etwas fördern dürfen, sonst kommen die nicht in den Himmel!

– Ja gut, für solche Probleme gibt es immer technische Lösungen, und die *muss* man dann halt irgendwie fördern.

– Das stimmt, so wird auch die Wirtschaft wieder angekurbelt!

– Oder Probleme verlagert...

– Nein, es ist schon richtig. Wenn das Wachstum darunter leidet, hat ja niemand etwas davon. Und das würde auch nicht funktionieren. Mit moderater Stimme resümierend, fasste der Treuhänder die Situation zusammen. Niemand konnte anscheinend im Ernst etwas dagegen sagen. Nicht unbedingt weil seine Erklärung einleuchtend war, ja vielleicht ergab sie nicht einmal einen Sinn; doch in einer Gewerblerrunde mussten eben gewisse Glaubenssätze hochgehalten werden.

Weil der General die leeren Gläser immer wieder gewissenhaft mit seinem Wein füllte, musste niemand verdursten. Die Trinkfestigkeit wurde dadurch bei einigen Gewerblern auf die Probe gestellt. Hätten die Weinbauersleut nicht fleissig abgeräumt, wäre das Trio Maler, Treuhänder, Schlosser wohl selber erschrocken, über den Flaschenwald der sich vor ihnen ausgebreitet hätte. Die Aussprache des Malers hörte sich schon ziemlich elastisch an. Und der Treuhänder, so schien es, kämpfte gegen Augenliederfallsucht und Stuhlabrutschsymptome.

Der Hi-Fi-Händler machte sich auf den Heimweg. Er war als Präsident gekommen, und ging jetzt als ausgetretenes Mitglied. Als solches machte er einen entspannten Eindruck, offenbar waren ihm etliche Sorgen abgefallen. In seinem Kielwasser folgte ihm der Heizungshändler. Einer der wenigen die mit dem Auto gekommen waren. Er setzte sich in seine Limousine, und schwenkte langsam rückwärts aus der Einfahrt des Weinbaugutes.

Trotz der vorsichtigen Fahrweise, touchierte er einen grossen Blumentopf, der ein wenig über den Sims des Einfahrtsmäuerchens ragte, so dass er herunterkippte, und darauf im angrenzenden Garten lag. Obwohl das Malheur keinen grossen Lärm machte, war wohl im Innern des Autos ein Geräusch zu hören gewesen. Denn der Heizungshändler hielt augenblicklich an, stellte den Motor ab, stieg aus, und begutachtete sorgenvoll den zu erwartenden Schaden am Lack seines schwarzen Coupés. Unterdrückt in sich hineinfluchend gewarte er einen längeren Kratzer. Weiter vorne sah er den Ex-Präsidenten, der stehen geblieben war und zum Unfallort hin blickte. Der Heizungshändler schaute nervös in alle Richtungen, zum Kratzer, zum Ex-Präsident, zum Blumentopf, zum Ex-Präsident, zum Tor des Degustationsraumes wo sich nichts regte, und wieder zurück zum Ex-Präsident welcher bloss still stand und herüberschaute. Vor sich hin grummelnd, zottelte der Heizungshändler zum Tor zurück.

Er verschwand eine Weile im Degustationsraum. Dann erschien er im Schlepptau der Generalsfrau, welche etwas erklärte. Zerknirscht zeigte er ihr den Schaden. Er versuchte den Blumentopf emporzuheben. Die Generalsfrau bat, er solle ihn nur lassen, nur lassen, sie mache das schon! Zu spät, – er hatte den Topf bereits angehoben, dieser war aber

72

wohl schwerer als angenommen, denn der Heizungshändler kam ins Schwanken, konnte gerade mal noch parieren, und bugsierte den Topf mit letzter Kraft wieder auf den Mauersims. Jetzt sah man auch deutlich, dass die Keramik einen Sprung hatte, und oben eine Scherbe rausgefallen war.

Er könne den Fall seiner Haftpflichtversicherung anmelden, die würden den Schaden ersetzen.

Nein, nein! Seich, wegen dem alten Topf, nein Seich! Und die Pflanze sei ja noch ganz, beschwichtigte die Generalin.

Doch doch, er wolle den Schaden wieder gutmachen, beharrte der Heizungshändler, zückte sein Portemonnaie und suchte nach einer Note. Die Rebbäuerin bekräftigte mit resoluter Stimme, er solle sofort das Geld wegtun! – er hielt ihr ein paar kleine Nötchen hin – sie wehrte energisch fuchtelnd ab, worauf ein Geldschein zu Boden segelte; er bückte sich danach, so dass ihm noch Kreditkarten heraus flogen.

Er habe ja einen Krätzchen am Lack, stellte die Generalin fest, mit dem Gesicht in Richtung der Limousine weisend. Gut, man sehe es kaum. Das würde sonst ja auch wieder ein paar hundert Franken kosten, wenn man das machen liesse.

– Ein paar Tausend, ja! Gluckste sarkastisch der Heizungshändler. Wenn man das Auto dann einmal verkaufen wolle, müsse man das sofort machen lassen, fügte er leise und ernst an.

– Seich, das stört ja überhaupt nicht, wunderte sich die Generalin.

– Das *ist* eben so, kam fachmännisch die Antwort.

Unterdessen waren der Treuhänder und der Gartenbauer zum Rauchen nach draussen gekommen. Verschwörerisch standen die beiden Schattengestalten, mit den zeitweise aufglimmenden Glutpünktchen, ein wenig abseits.

Ob denn irgend etwas passiert sei, fragte einer die näherkommende Generalsfrau. Nein, nein, nur der Blumentopf, aber der sei ja schon alt. Jedoch der Karren habe einen Kratzer. Sei anscheinend ein teures Vergnügen.

– Er hat glaub doch ein wenig zu viel eingeheizt, stichelte der Gartenbauer in richtung Heizungshändler.

– Ja-ah, der hiesige Wein gibt eben auch warm, dezent lächelnd sog der Treuhänder am Stengel.

Der Heizungshändler in seiner angekratzten Limousine fuhr unterdessen bereits wieder an. Jetzt versperrte ihm aber die rote Generalskatze den Weg, sie hatte sich vor dem Auto hingepflatscht. Er versuchte mit Standgas die Katze aufzuscheuchen. Diese liess sich aber nicht vergelstern, blinzelte bloss, schien die Blockade sogar zu geniessen. Schnell eilte die Generalin herbei, hob die Übeltäterin mit ausgestreckten Armen auf, und transportierte sie wie einen aufgelesenen Oktopus zur Seite ab; das Tier blieb dabei sichtbar entspannt, mit hängenden, wehenden Gliedern liess es die Verfrachtung über sich ergehen. Danach folgte ein kurzer Kommentar: Mäuh.

Im Degustationsraum herrschte eine allgemeine Aufbruchstimmung. Zwei, drei Mitglieder standen langsam auf, was eine Welle erzeugte, der sofort ein paar Aufbruchswillige folgten, die dann auch den Sitzfestesten das definitive Ende des Abends vor Augen führte. Austrinken, Stühle rücken, Garderobengerangel, Sprüche klopfen. Einer machte einen Witz, so dass der Gartenbauer in ein eigenartiges Lachen verfiel. Sobald sein heiseres Lachen abebbte, kam ihm offenbar die Pointe wieder hoch, und es platzte erneut aus ihm heraus. Ein Lachen wie die stotternde Zündung eines Automotors,

der nicht anspringen will. Hoch ansteckend –
so dass fast alle Umstehenden lachen mussten.
Lachen über das Lachen.

Draussen vor dem Rebgut sammelten sich die
heimkehrenden zum Abmarsch. Da die Rebsied-
lung westlich des Dorfes lag, kehrten alle in die
selbe Richtung zurück.

«Wööuuuhhh!» Der Gartenbauer heulte werwöl-
fisch den Mond an. Ein paar andere Mondsüchtige
stimmten Hälse reckend mit ein.

Der Schreiner beschwor sorgenvoll:

– Vertäubt mir den Mond nicht mit eurem
Katzengesang, sonst fehlt mir das Licht auf dem
Heimweg, wenn der sich versteckt.

– Da schaut, er macht schon ein schmollendes
Gesicht!

– Nein, dem stinkt es, weil die Amis dort gelandet sind.

– Das konnte ich mir eigentlich nie so richtig
vorstellen: Glaubt ihr wirklich, die waren *da* oben?
So fern von der Erde?

– Es gibt solche die behaupten, es sei alles in
Studios gefilmt worden – eine Verschwörung ...

– Man kann sich das tatsächlich nicht so vorstellen. Auch die Fotos aus dieser Zeit: Sah alles irgendwie seltsam aus, mit viel Stanniolpapier und Goldfolie, – fehlten nur noch Lametta und Christbaumkugeln!

– Anno Neunundsechzig, haben wir unseren ersten Fernseher gekauft, extra für die Mondlandung.

– ... Und in der Metzgerei hatten sie die ersten Wasserglacen in Raketenform im Angebot.

– ... Schweine im Weltall.

– War halt ein riesen Geschäft.

– Eben! Und genau *das* spricht wieder für eine Inszenierung.

– Ja-nein, stell dir mal vor, sowas wäre doch schon längst aufgeflogen.

– Und habt ihr übrigens gewusst, dass die Fotokamera vom Kirchgräber schon auf dem Mond war? Ja, die sei damals mitgeflogen. Er habe sie von der Nasa, behauptet er.

– Ja Sicher!

– Klar, wahrscheinlich im Brocki gekauft.

– Im Brocki auf Cape Canaveral!

– War bestimmt noch ein Film drin, mit sensationellen Mond-Fotos, die jetzt beim Kirchgräber auf dem Cheminée-Sims stehen.

– Er hat ja mal behauptet ...

– Auf einem Mondfoto erkennt man ihn, wie er aus dem Raketenfenster winkt!

– ... Er hat behauptet, dass er früher Skiakrobatik gemacht habe.

– Ja natürlich, sogar auf dem Mond: da ging's besser, weil weniger Anziehungskraft!

– Die anschaulichen Folgen von mehreren Jahrzehnten Haschischkonsum!

– Man stelle sich vor: Skiakrobatik – *der* mit seinen krummen Beinen!

Die aufgekratzte Frotzelrunde genoss für einen Augenblick die bösartige Gemütlichkeit. Der skurrile Zeitgenosse aus dem dörflichen Kulturpanoptikum, mit feuriger Ironie aufgetaut, erwärmte und beflügelte das heimkehrende Grüppchen. Weitere schepse Dorforiginale wurden gesucht, und deren Geist mit behaglichem Gruseln aus der Flasche befreit.

Man kam dann auf einen Hochstapler, einen ‹Bauheini› zu sprechen, der vor ein paar Jahren im Dorf sein Unwesen trieb. Er habe alle beschissen, sogar seine Frau, deren Geld er veruntreut habe. Viele Handwerker der Region seien von ihm betrogen worden. Er habe aber immer mit der grossen Kelle gerührt, bei Dorf-Festen Schlagerstars quasi eingeflogen. Dabei habe *er selbst* am meisten an seine eigenen Lügengebäude geglaubt. Also offenbar auch sich selbst angeschmiert. Sogar als die ganze Scheinwelt in sich zusammenfiel, habe er bereits voller Zuversicht und in einer Selbstverständlichkeit – als sei nie etwas gewesen –, verlauten lassen, was er als nächstes anreissen werde. Und wunderlicherweise – Phönix aus der Asche – sei ihm das ganze Spiel jedesmal wieder von neuem gelungen, bis natürlich zum abermaligen Disaster.

Der Gartenbauer meinte belustigt, und *alle* seien wieder aufs Karussell aufgesprungen. Jeder habe diesen Hochstapler und seine Geschichte eigentlich gekannt; aber anscheinend wollte man trotzdem über den Tisch gezogen werden.

Das sei schon immer das Verhängnis gewesen: Man hänge den Heilsversprechern an den Lippen, und wünsche sich sehnlichst «sie haben recht! Das ist wahr!». Der Schlosser fuchtelte bei diesen Worten theatralisch, so dass er dem Kutscher die Glut vom Stumpen wischte. Und so ein Hochstapler sei ja eigentlich, wenn er virtuos sei, also die Leute reinfallen, und der das elegant anstelle, ein wahrer

Künstler. Der Schlosser kam in Fahrt, es bahnte sich ein philosophischer Lauf an: Nein wirklich, er habe respekt, beinahe Bewunderung für einen souveränen Hochstapler, vorallem wenn er seine Opfer *so* täuscht, dass sie sich nicht geschädigt fühlen, sondern den Betrug als *eigenen* Gewinn verbuchen. Weil so funktioniere letztendlich die Welt; man werde gerne getäuscht, wenn eine scheinbare Verbesserung daraus hervor gehe.

Wobei sie wieder bei der Mondlandung angekommen wären, meinte jemand.

In gewissem Sinne: ja! bestätigte der Schlosser, denn die ganze Chose habe ja eigentlich wenig gebracht! Viel Aufwand für nichts. Und dieses Nichts, das müsse man eben auch verkaufen können.

Da müsse er jetzt schon einwenden, dass *sie* zum Beispiel, die Gewerbler, ja auch ihre Kunden überzeugen müssten; aber das heisse: starke Argumente, und nicht falsche Versprechungen, meldete sich der Schreiner.

Ja – nur ganz hinten, wenn man genug grüble, stehe eben immer irgendeine ‹Mondlandung›. Der Mensch gehe eben immer über das Notwendige hinaus, es reiche ihm nicht nur seinen Hunger zu stillen, er wolle eben auch noch gefüllte Ameisenschenkeli aus Neu-Kaledonien, und die sollen eben auch noch schön verpackt sein, damit er sie für etwas Besonderes halten könne. Klar seien sie als Gewerbler keine Hochstapler. Sie machten bloss ihre Arbeit im gesamten wirtschaftlichen Räderwerk. Aber das Räderwerk selber, und das Ziel daraus, beruhe sehr wohl auf Fundamenten die mehr versprechen als sie einlösen können – sozusagen das Wohlstandsprinzip, also der Hans-dampf im Schneckenloch.

Das sei jetzt aber auch nicht so Schlimm. Es wäre ja langweilig immer nur den Hunger zu stillen, nörgelte der Schreiner in seinen Bart. Die Einfachheit seines Einwandes brachte den angeregten Redefluss des Schlossers zum Stillstand.

Die Nacht befreite offenbar von Gesprächszwängen oder -pflichten, die während der Tageshelle spielten. Die Dunkelheit garantierte eine gewisse heimelige Zurückgezogenheit, sie verband alles Gesprochene quasi zu einem gemeinsamen Traum. Eine Gelassenheit erfasste die nächtlichen Heimkehrer, die Augen konnten ruhen, die Ohren hörten Bilder.

Sie waren nun am Fusse des Rebberges, an einer

Strassenkreuzung angelangt, auf der ersten Hang-terrasse oberhalb des Aaretals. Wie archäologische Funde bezeugten, wurde diese Terrasse schon seit mindestens 3'000 Jahren besiedelt. Die Übersicht und der sonnenbegünstigte Jurasüdhang, sowie eine leichte Muldenlage mit Bächen und Quellen, hatte wohl schon in der Bronzezeit als Wohnlage überzeugt.

Hier verzweigten sich denn auch die Wege einiger Generalversammlungsteilnehmer. Schreiner, Maler und Schlosser verabschiedeten sich, und spazierten gemeinsam in Richtung Ostteil des Dorfes. Der Gartenbauer wohnte an dieser Kreuzung, die Anderen führte der Heimweg in Richtung Dorfzentrum.

Die Coiffeuse, flankiert von Treuhänder und Kutschenhalter, resümierte den Vereinsabend. Dass dieser doch eigentlich recht gelungen sei, und man halt öfters gesellige Anlässe abhalten sollte, damit der Zusammenhalt gestärkt würde.

Der Kutscher liess ein halbbatzig zustimmendes «Hhmmmhh» vernehmen.

Ja der Abend sei doch gut gewesen, meinte der Treuhänder, nur habe es die Hälfte der Mitglieder nicht nötig gehabt zu erscheinen.

Das sei heute normal, brummte der Kutscher.

Seufzend erwiderte der Treuhänder: Aber *das* zeuge ja auch nicht von Zusammenhalt. Ausserdem krisele es in der Vereinsleitung. Die seien ja überhaupt nicht motiviert.

Fast ein wenig verzweifelt sagte die Coiffeuse, man könnte doch mit neuen Ideen wieder Schwung in den Verein bringen, aber ja, es sei halt schwierig heute die Leute zu motivieren.

Das sei heute normal, brummte der Kutscher.

In besinnlicher Gedankenverlorenheit spazierten die drei weiter die Strasse hinunter, bis zu einer Engstelle mit Rank, nach welcher sie, gegenüber in einem Garten, plötzlich den Schatten eines Nachtwesens gewahrten. Dort stand ein Reh. Soeben hatte es seinen Kopf gehoben, die Ohren gestellt, und schaute für einen kurzen Moment aus grossen Augen verwundert zum Trupp der Spätheimkehrer, die sofort still standen. Reh und Mensch einander gegenüber stehend, guckten sich einen Moment an. Dann langsam löste sich das Tier aus seiner Innehaltung, und hüpfte mit eleganten, kräftig federnden Sprüngen davon. Die drei Nachtwanderer standen immer noch vor dem Garten. Eine Reihe vergessener Salate zeugte vom nächtlichen Mahl dieses fabulösen Tieres. Eigentümlich berührt von dieser unerwarteten Begegnung, kamen auch die Stehengebliebenen wieder in Gange, und setzten ihre Heimreise schweigsam fort.

Währenddessen, auf ihrem Weg in den weiter entfernten Dorfteil, liessen auch die drei anderen Heimspazierer den Abend revue passieren. Schreiner, Schlosser und Maler beschlossen ebenfalls: der Verein sei am serbeln.

Offenbar angeregt durch die gemeinschaftliche Misere, erläuterte der Maler mit schwerer Zunge, die grundsätzlichen Schwierigkeiten im Umgang der Menschen untereinander. An seinem *eigenen* Beispiel zeige sich das ja ganz typisch. Zum Erstaunen seiner Begleiter kam er nun recht aus sich heraus, was für seinen sonst eher verschlossenen Charakter eigentlich ungewohnt war. Er wolle nur noch mit Menschen verkehren die ihm freundlich gesinnt seien, die ihm gegenüber eine respektvolle Bereitschaft zum Verständnis aufzubringen vermögen. Auch habe es keinen Wert mit solchen zu verkehren die sich als Rivalen oder hierarchisch übergeordnet betrachteten. Das funktioniere nie!

Genauso die Autisten, wie er sie nannte, also Ego-zentriker, die nur reden und gar nicht zuhören. Die seien zwar harmlos, aber es sei eine einseitige Sache, man sei dann sozusagen ein Automat den man besprechen könne, ein Aufnahmegerät.

Der Schlosser bestätigte gutmeinend den etwas konfusen seelischen Ausbruch des Malers. Ein wenig aus dem Zusammenhang meinte er: Es sei schon so, man habe ja heute die Wahl, und wer wolle da schon Stunk?

Zögerlich formulierte der Schreiner seinen Ein-wand: Wenn alle einem nur freundlich gesinnt wä-ren, da fehlte es ihm aber mit der Zeit am Salz in der Suppe. Jemand der wiederspreche, oder einem entgegenhalte, fordere ja auch die eigene Abwehr und kräftige einem. Ausserdem müsse man auch seine eigene Position überdenken, und könne die-se dadurch vielleicht bestätigen – was dann letzt-lich einem selbst wieder zugute komme.

– Eben, richtig! Der Schlosser wippte energisch mit seinem Zeigefinger, – da hat der Maler schon recht, letztendlich interessiert man sich nur für sich selbst! Das ist eben genau die Illusion! Man ist neugierig auf die Anderen weil sie einen selbst reflektieren, weil man sich selbst erlebt durch die

Wahrnehmung anderer. Der Mensch ist in seinem Egokäfig eingesperrt. Ich selbst ja auch, ich mache da gar keine Ausnahme, das ist ein Schicksal das jeder trägt. Auch dieser Dings, dieser Altruismus. Den hat man auch nur aus Egoismus. Weil wieder etwas zurück kommt, oder das Selbstwertgefühl steigt, wenn man Gutes tut.

– Und trotzdem ist doch der Mensch ein Gemeinschafts-Tier. Stell dir mal vor, du wärst der einzige Mensch auf der Welt. Ein Insel-Robinson. Nein – Horror! Also realistisch betrachtet: Wir leben doch nur für die Sippe. *Von* und *durch* die Anderen.

– Du hast recht, so ist es. Wir orientieren uns an der Sippe und haben unseren Platz darin. Nur, erkennst du heute noch irgendwo eine Suppe, ... äh, Sippe? Ich sehe bloss eine Massengesellschaft, die sich vor allem über Konsumgewohnheiten definiert. Quasi eine Gemeinschaft der Benützer und Verbraucher. Way of Live ist der Zusammenhalt, alles andere sind Fata Morganas und Mythen!

– Da spricht wieder mal der Kulturpessimist.

– Natürlich. Noblesse oblige.

– Aber war es nicht schon zu allen Zeiten so, dass die Menschen unter den Umständen und

Zwängen ihrer Zeit geknechtet waren?

– Auf jeden Fall! Nur kommen wir jetzt vom Thema ab. Du hast die sinnstiftende Gemeinschaft gepriesen; da gebe ich dir recht: Der Mensch ist ein Sippentier. Quasi kulturelles Fundament. Aber genau von dieser überschaubaren, verbindlichen und verbindenden Familie entwickeln wir uns immer mehr weg, hin zu einer anonymen, alles überrollenden, globalen Humanteigmasse!

– Ja gut, dafür sind wir heute freier. Man hat viel mehr Möglichkeiten und kann sich frei entfalten. Früher war alles sehr eng. Was einem gemäss seiner Stellung zustand, war definiert, wurde genau beobachtet und kontrolliert.

– Ja-ahh ... also heute keine Zwänge mehr? Keine Kontrolle? Chabis! Es herrscht doch heute genau dieselbe soziale Taxierung, und sogar eine vorauseilende Selbstkontrolle? Aber alles natürlich ganz subtil!

– Braucht man ja nicht mitzumachen.

– Dann gehört man aber auch nicht mehr dazu. Keine Nestwärme mehr.

– Auch Wurst.

– Vielleicht sogar besser.

– Also: abdriften ins Misanthropische ...

87

– Wieso nicht. Womöglich erweist man so den Mitmenschen einen grösseren Dienst.

Während Schlosser und Schreiner sich immer mehr ins Ratlose philosophierten, war der Maler vor einem Briefkasten stehengeblieben, und versuchte das Namensschild zu entziffern.

Die beiden Philosophen blieben stehen und beobachteten die Szenerie. Ob er jetzt noch die Post verteilen wolle, das sei doch ein wenig zu spät. Oder besser: zu früh!

Der Maler kam torkelnd näher und sah den beiden abwechselnd ins Gesicht. Hier! – und dabei deutete er mit einer katapultierenden Bewegung auf das ältere Haus das zum Briefkasten gehörte, hier habe mal sein Schulschatz gewohnt! In der fünften Klasse habe hier die Karin gewohnt! Er sei neun Wochen mit ihr gegangen. Am Schulexamen beim Tanzen, da habe er sie geküsst, und von da an seien sie miteinander gegangen. Das sei noch eine gewesen, diese Karin, nein wirklich, eine Herzige aber eben auch eine Wilde. Er sei total glücklich gewesen mit der Karin zu gehen. Anfangs habe er noch versucht, dieses *mit ihr gehen* in die Tat umzusetzen, er habe aber nicht gewusst wie man das bewerkstelligt, habe sie zum Beispiel nach der Schule nach Hause begleitet, sei in der Pause neben sie gesessen, er habe versucht sie zu necken, oder ihr zu imponieren, er sei dabei aber immer schwerfälliger geworden, und sie immer luftiger und unfassbarer, so dass er dann nicht mehr gewusst habe wie sie ansprechen, er sei sich sogar in der Pause vor ihr verstecken gegangen, – sei sich vorgekommen wie ein dicker, krabbeliger Käfer – bis dann Karin ihm nach neun Wochen, mittels Botin die Nachricht überbringen liess, dass sie jetzt nicht mehr miteinander gingen.

Ja, das sei noch eine gewesen diese Karin, die habe ihn ganz schön aus dem Konzept gebracht. Der Maler strahlte. Er kehrte wieder zurück zum Briefkasten, wie habe die auch gleich geheissen zum Nachnamen, Karin …

Er versuchte den Namen auf dem Schild zu lesen. Der Schlosser wunderte sich ein wenig belustigt: Da würden doch längst andere Leute wohnen, das Haus habe wahrscheinlich schon ein paar mal den Besitzer gewechselt, seit er in die Schule gegangen sei.

Der Schreiner gähnte, und schubste den Maler kollegial, das seien wirklich noch tolle Geschichten gewesen, und wie die Zeit doch vergehe; auch dieser Tag neige sich zu ende – er freue sich jedenfalls schon aufs Nest. Der Maler kam aber immer noch nicht vom Briefkasten los. Die Hand auf die Schulter des Malers gelegt, wollte der Schreiner diesen sachte zum Weitergehen leiten, aber der Maler sperrte sich, hielt sich mit den Händen klammernd am Briefkasten fest, und sagte in die Leere der Nacht das Wort *Karin*.

Schreiner und Schlosser schauten sich an, mit dieser melancholischen Wendung hatten sie nicht gerechnet; vielleicht lag es auch an der Wirkung des Generalweines, die sie unterschätzt hatten. Vorsichtig versuchten sie auf den Maler einzureden. Dieser krallte sich noch fester an den Briefkasten und wiederholte mit rührseligem Blick: – *Karin*.

Es sei schon spät, man müsse jetzt heimwärts – *Karin* – sein Frau warte sicher, mache sich Sorgen – *Karin* – er könne doch nicht die ganze Nacht – *Karin* – es sei ja gut – *Karin, Karin, Karin!* Den Namen jammernd, am Briefkasten hängend, warf er den Kopf hin und her.

Seine beiden ratlosen Betreuer standen daneben, und erwägten leise wie man den blauburgundrigen Romeo evakuieren könnte. Wie sie so am Werweissen waren, änderte sich von drüben das Karin-Geleier zu einem Meckern und dann zu einem Lachen. Der Maler hielt sich am Briefkasten und lachte aus voller Brust in Richtung seines Care-Teams. Sie sollten sich jetzt mal sehen! glaubten wohl auch jeden Mist! herrlich! er würde dafür Eintritt zahlen! Mit Tränen in den Augen wieherte er sich aus.

Die beiden Gedeppten wussten jetzt auch nicht so genau, ob sie dem Maler den Spass wirklich abnehmen sollten. Egal – hauptsache sie mussten nicht die Rega rufen.

Die meisten Häuser schliefen zu dieser späten Stunde. Vereinzelt brannten schwache Lichter, manche davon wahrscheinlich zur Abschreckung von Einbrechern. Denn im Dorf kursierten öfters Geschichten von Einbrüchen. Man raunte von marodierenden Räuberbanden aus Rumänien. Dazu muss man wissen, dass das Dorf mit seiner offenen Hanglage in neuer Zeit vorallem aus Villen besteht, jedenfalls sind Mietwohnungen selten. Der tiefe Steuerfuss und die hohen Bodenpreise locken ‹eine besser betuchte Kliente›, wie der Makler so schön sagt.

Der Heimweg der drei Mitglieder führte durch

eine Neubau-Strasse mit Terrassensiedlung.

Dort liegen die Wohnungen wie die Stufen einer Treppe die den Hang hinauf steigt. Die Trittfläche jeder Stufe bildete die Terrasse der Stufenwohnung darüber. Die Fronten dieser Stufen sind alle voll-verglast, andere Fenster hat es keine. Sogenannt zeitgemässe Architektur, ohne Zweifel. Auch die Umgebung hat etwas geplantes: Kühn gestaltete Hangverbauungen mit grobkiesigem Spritzbeton, streng ausgerichtete Alleen mit bereits erwach-sen gepflanzten, in geometrische Form frisierten Bäumchen. Das ganze Erscheinungsbild erinnert an eine kühne Projektvisualisierung – ein wahrge-wordenes Modell.

In der Mitte des Quartiers präsentierte sich hell erleuchtet eine Parterrewohnung. Ein Mann stand sprechend vor einer sitzenden Frau, offenbar im Wohnzimmer, welches sich mit der durchgehenden Fensterfront wie eine Theaterbühne präsentierte. Jetzt gestikulierte der Mann heftig, die Frau zuckte mit den Schultern, er schlug mit der flachen Hand auf eine Kommode, darauf machte sie eine ab-wertende Handbewegung und wandte sich einem grossen Buch zu, das sie auf ihrem Schoss auf-klappte. Der Mann drehte sich ab und lief weg. Im

Hintergrund blitzte ein wandgrosser Bildschirm. Eine Filmszene. Ein sprechendes Frauengesicht mit Telefon am Ohr war zu sehen.

Dann erschien wieder der Mann im Wohnzimmer, auch in ein Telefon sprechend. Er stellte sich an die Fensterfront und schaute telefonierend in die Nacht. Es schien als telefonierten der Mann im Zimmer und die Frau auf dem Bildschirm miteinander, – als wäre es ein modern inszenierter Schwank: übersteigerte Emotionen, gehende Türen, ein grosses Hallo. Der Applaus des Publikums blieb allerdings aus.

Die drei unfreiwilligen Zuschauer hatten ihren Schritt vor der Nachtbühne ein wenig verlangsamt, und betrachteten die Szenerie. Aber die voyeuristische Situation hatte auch etwas peinliches. Da werde man noch zum Spanner, bei diesen Riesen-Fenstern, bemerkte der Schreiner. So richtig zum Reinglotzen, wie ein Aquarium.

Ein paar Schritte weiter trennten sich die Wege der drei Gewerbler. Der Schreiner lief auf einem Kiesweg zu seinem Haus, das, mit den vielen Anbauten und Schöpfen, in der Dunkelheit einen leicht wackligen Eindruck machte. Der Mond zcichnete eine klar abgegrenzte schwarze Silhouette, denn es brannte kein Licht mehr im Haus. Offenbar war seine Frau bereits am Schlafen.

Er zögerte einen Moment, betrat dann kurz seine Werkstatt, und erschien mit einem Trinkglas in der Hand. Am Aussenhahnen an der Hausmauer füllte er Wasser ins Glas, und setzte sich auf das Bänkli unter dem Birnenspalier. Nach einem längeren Schluck, lehnte er sich zurück und schlug den Mantelkragen hoch. Nach einer Weile wiegte sein Kopf hin und her, halblaut sagte er: «Ja-ah, die waren damals auch nicht so schnell», dann lachte er kurz leise und schloss die Augen. Plötzlich ging ein Ruck durch ihn hindurch, ein Zusammenzucken, und beinahe fiel das Glas aus seiner Hand. Offenbar war er leicht eingenickt.

Auch die Coiffeuse war in ihrem Tannenholzchalet angelangt. Im Hausflur war leisetreten angesagt, denn ihre beiden Hunde, «die Buben» – wie sie sie nannte, lagen beide schlafend aneinandergeschmiegt auf dem gewobenenTeppichchen vor der Garderobe. Doch schon das Geräusch des einhängenden Kleiderbügels liess die beide Köpfe in die Höhe fahren. Mammachen flüsterte ihnen ein beruhigendes Wort zu. Die beiden Köpfe senkten sich wieder hinunter.

Obwohl auch die Coiffeuse sich im Bad bereit machte für die Reise ins Traumland, schien sie noch recht munter zu sein. Pfeiffend stand sie mit der Zahnbürste vor dem Spiegel. Ein Liedchen summend betrachtete sie die Frau, die ihr vom inneren des Spiegels entgegensah. Die vier Augen schienen sich auf hypnotische Weise zu fixieren. Die zwei Frauen verharrten einen Moment in dieser Position, bogen kurz die Brauen hoch, und dann lächelten beide. Nicht auszumalen der Schreck, hätte nur die eine gelächelt.

Ausgelassen summend, hantierte sie mit der Tube. Das Summen wurde immer drängender, bis es schliesslich in einem laut gesungenen «Juhee» gipfelte. Darauf wurde die Bürste angesetzt, und wetzte breitlings über die Zähne. Wieder betrachteten sich die beiden, jetzt beim Synchronbürsten. Auch das gegenseitige Anlächeln begann von neuem, und wechselte dann mehr zu einem Grinsen. Diese Grinserei war unter dem Bürsten-Gefiedel immer komischer anzusehen, und erzeugte offenbar, in den zunehmend röter werdenden Köpfen der beiden Kampfbürstnerinnen, eine Spannung, die sich in einem finalen Losprusten entlud. Das Resultat, der mit Zahnpasta beschneite Spiegel, schien sie überhaupt nicht zu stören, im Gegenteil, scheinbar stolz auf ihr Werk, malte sie mit dem Finger ein Herz auf die Fläche, und betrachtete es entzückt. Mit einem Schwamm schlenkerte sie putzend über die Spiegelfläche. Dabei entstanden wellenartige Striemen aus Zahnpastaschleim, faszinierende Schleifspuren, die sie in stets neuen Bewegungen zu einem Meereswogen-Gemälde pinselte. Mit dem Finger zeichnete sie ein Segelschiff hinein, und fing wieder an zu summen, scheinbar ein Seemannslied. Ihre Fingerspitzen skizzierten Springende Fische in die Wellen. Dann schluckte eine Riesenwelle die Fische und auch das Schiff. Damit die Farbe nicht ausging, hatte sie auf die Scheibe gespuckt, denn der Schwamm sog das Wasser aus der schmierigen Schliere. Sie fuhr mit dem Schwamm erneut über die Bildfläche. Im Rhythmus der Summ-Melodie wischte sie kurvige Bahnen zu immer wilderen Bildkompositionen, das überschwängliche Summen, inzwischen schon Gesang, und die ausholenden Bewegungen mischten sich zu einer ekstatischen Tanzmalerei. In übermütigem Schwung drehte sie sich singend quer durchs Bad, und pfefferte den Schwamm in die Dusche, ergriff einen Haarspray, und hüpfte damit pfupfend aus dem Bad in die Stube, liess sich dort auf einen Sessel fallen, und sang, oder besser krähte aus voller Kehle, die Schlusszeilen eines Schlagers: «... den schenk ich dir heut Nacht». Erschöpft von ihrem Sing- und Tanzrausch lag sie darnieder. Ein Momentchen später, entfuhr ihr nochmals ein Seufzer: «Juhee», dann entschwebte sie endgültig ins Reich der Träume.

Unterdessen hatten der General und seine Frau die Spuren der Generalversammlung im Degustationsraum aufgeräumt.

Der Sternenhimmel vor dem Weinbaugehöft präsentierte sich in voller Pracht.

Vor 10 Jahren zog der Komet Hale-Bopp sehr nahe an der Erde vorbei, so nahe dass man seinen langgezogenen Schweif deutlich von Auge sah.

Der General beschäftigte damals einen portugiesischen Arbeiter auf seinem Rebbaubetrieb. Er war ein einfacher Mann vom Lande, der hier in der Fremde weder Zeitung las, noch sonst informiert war was in der Welt so vor sich ging. Sein Chef, der Rebbauer, also der General, der dies wusste, wollte ihm daher eine Freude machen, und zeigte ihm eines Abends den Kometen am Firmament. Der imposante Schweif muss den Portugiesen aber so beeindruckt, ja erschreckt haben, dass er in Panik sein Bündel packte und Hals über Kopf in sein Heimatland abreiste.

Auch der General wohnt heute nicht mehr in seinem Weingut auf dem Moränenhügel. Der General und seine Frau, zogen vom Rand der einstigen Eiszeitgletscher in ihr Zentrum. In die Berge, wo die Rebbauernfamilie ihren Alterssitz begründet hat. Und wieder leben sie am Hang.

Im Tal, an der gegenüberliegenden Hangseite, in Betonbassins, schweben dunkle, urzeitliche Knochenfische, parallel ausgerichtet, stoisch, ganze Schwärme. Hausen oder auch Störe genannt. Kreaturen, die lange vor den grossen Eiszeiten, bereits vor 145 Millionen Jahren die Welt bevölkerten.

Findige Unternehmer haben dort im Alpental eine Störzucht aufgebaut, eingegliedert in die Anlage eines Tropenhauses. Sie wird mit warmem Tiefen-Wasser betrieben, das beim Bohren eines nahegelegenen Eisenbahntunnels angestochen wurde. Wasser, das durch die Kalkschichten des Bergmassives fliesst und sich dabei vom Druck erwärmt.